小説… JUMP j BOOKS

憂国のモリアーティ

MORIARTY THE PATRIOT

"緋色"の研究

竹内良輔
三好 輝
小説/ 埼田要介

Storyboards by Ryosuke Takeuchi
Artworks by Hikaru Miyoshi
Novelization by Yosuke Saita

CHARACTER

ウィリアム・ジェームズ・モリアーティ

孤児だったが、博学で天才的頭脳の持ち主。アルバートの実弟になりすまし、実弟の名“ウィリアム”を名乗る。

現在は数学教授と犯罪《クライム》相談役《コンサルタント》として活動。

アルバート・ジェームズ・モリアーティ

若くして家督を継いだ伯爵。
MI6の幽霊会社《ペーパーカンパニー》である
ユニバーサル貿易社の取締役。

ルイス・ジェームズ・モリアーティ

ウィリアムの弟。
領地の管理と屋敷の
執務などの一切をこなす。

セバスチャン・モラン大佐

射撃の名手。
元軍人で喧嘩っ早い性格。
腹心の部下としてウィリアム
を支える。

フレッド・ポーロック

イギリス中の犯罪
ネットワークに通じる青年。
変装術や密偵などに長ける。

シャーロック・ホームズ

並外れた観察眼と推理力で、
真実を解き明かす
自称、世界で唯一の諮問探偵《コンサルティングディテクティブ》。

ジョン・H《エイチ》・ワトソン

アフガン戦争帰りの元軍医。
221Bでシャーロックと
ルームシェアを開始する。

STORY

19世紀末の大英帝国最盛期。この国の人々は古くからの完全階級制度によって支配者である上流階級と、支配される隷属者に二分されていた。そんな歪んだ国の在り方に辟易する貴族の息子・アルバートは、養子として家に住まわせていた孤児院出身の兄弟と共謀し、火災を装って家族を殺害。焼け出されたように見せかけモリアーティ伯爵家の跡取りとして家を継いだ3人は、悪を排除し理想の世界を目指す決意を固める。

ウィリアムの工作により特務機関〝MI6〟の指揮権を手にしたアルバート。手足となる部隊を手に入れたウィリアムは、壮大な計画を明かす。それは、ロンドンを舞台に犯罪を演出することで国の腐敗を暴き、市民の目を覚まさせるというものだった。

これは、その舞台には登場しなかった、数々の事件を綴った研究記録である。

MORIARTY THE PATRIOT

CONTENTS

『Scarlet』――緋色を意味し、時に罪悪を暗示する言葉。

これは犯罪という『緋色』に彩られた世界に生きる者たちの日々の様子を綴った研究記録である。

この作品はフィクションです。
実在の人物・団体・事件などにはいっさい関係ありません。

MORIARTY
THE PATRIOT

1
犯罪卿の戯れ

夜半を過ぎた王都ロンドンの空は層の厚い雲に覆われ、暗澹《あんたん》たる黒一色に染まっていた。

しかし星の光の恩恵が無くとも、産業発展によって絶え間なく進化を続ける都は文明の利器によって自ら光り輝く術《すべ》を身につけていた。立ち並ぶガス灯の光は次第に人々の脳裏から本当の意味での夜の存在を忘れさせていった。

闇からの逃避という、人間が受け入れるべき自然の摂理から乖離《かいり》しているようにも見て取れる大都市。その内部でも、不自然な場面はあちこちに見られる。

テムズ川を横断するウエストミンスター橋を、一台の四輪馬車《ブルーム》がセント・ジェームズ・パークの方に向けて走っている。馬車には高級な仕立ての服を着た紳士たちが乗り込んでおり、彼らは進行方向にあるビッグベンと国会議事堂の堂々たる佇《たたず》まいを英国民として誇らしげに眺めている。すると同じ橋の反対側から、痩せこけた浮浪者がよたよたと歩いてきた。

ふと橋の上ですれ違う両者。だが互いにその姿を視界には収めていても、認識はしていない。彼らは別世界の存在であった。

一つの街に二つの在り方が存在する矛盾。

個々の命の価値は平等のはずなのに、両者の間には明確な格差が生じている。

生まれ持った地位によって人生が決定づけられる階級制度。

誇り高き英国の内部にこのような歪《ゆが》みを形作った原因であり、古くから受け継がれてきた伝統は、貧富を問わず全ての国民の意識を下卑たものに変貌させてしまっていた。

しかしその醜悪な制度を壊し、更にはその階級の頂点で驕《おご》り高ぶる悪魔を葬り去ろうと目論《もくろ》む者たちがいた。

人工の光でも振り払えぬ暗闇の中、苦痛に喘《あえ》ぐ人々から依頼を受け、犯罪という手段を用いて暗躍する謎の存在の名は、〝犯罪卿《はんざいきょう》〟。

その核を担う存在、『犯罪相談役《クライムコンサルタント》』のウィリアム・ジェームズ・モリアーティは現在ロンドンにある邸宅の自室にて書物を読みふけっていた。

夜闇に満ちた室内でランプが輝く光景はまるで夜のロンドンの縮図のようでもあり、その前に悠然と座るウィリアムは差し詰め街の隅々までを見渡して思いのままに人間を操る支配者といったところだ。

血塗られたような緋色《ひいろ》をその双眸《そうぼう》に湛《たた》えながら、彼は一定のリズムでページを繰る手以外は微動だにせぬまま、今この瞬間もどのようにして悪徳貴族たちを罰し、その罪業を世に知らしめるかについて策を巡らせている。

本を半ばまで読み終えたところでウィリアムは軽く目を揉《も》む。ふと彼は扉の外に人の気配を感じ取る。そしてその直後、扉がノックされた。

「――どうぞ」

ウィリアムが本を置いて声をかけると、ゆっくりと扉が開かれる。そこに立っていたのは、ウィリアムの腹心の部下――セバスチャン・モランだった。

「すまねえな、ウィリアム。こんな夜中に」

謝辞を告げる声はいつもの覇気に欠け、表情にはやや気まずそうな色が見て取れる。彼がちらりと顧みた背後にはウィリアムの実弟であるルイスが立っている。ルイスはモランの突然の訪問に対して驚きと戸惑いが半々といった表情を浮かべていた。

ウィリアムは二人の態度の違いを認めてから、ルイスに目配せした。弟が兄の意図を読み取って扉を閉めると、部屋にはウィリアムとモランの二人きりになる。

ウィリアムの心配りに、モランが苦笑を返す。

「……悪いな。気を遣わせちまって」

ウィリアムは口元に笑みを浮かべる。

「構わないよ。それよりも用件を聞こうか」

「ああ、それなんだが……」

モランは頭を掻《か》きながら宙に視線を彷徨《さまよ》わせると、しどろもどろな口調で言った。

「その、俺が最近行きつけにしてる居酒屋にマリーって女がいるんだが……そいつが今度身分違いの結婚をすることになってな。そんで持参金が必要だってんで泣きつかれたんだ。俺の方でもちょっとぐらいは援助してやりてえんだが少々金額がでかくて……。それでお前に貸してもらえないかって相談に来たんだ。……一〇〇ポンドほどな」

「……それは大金だね」

おずおずと提示された額を聞いて、ウィリアムの笑みに微量の困惑が混じった。

一九世紀英国の貨幣価値を現在の日本円に換算する場合にはいくつかの見解があるが、一説には当時の一ポンドは約二万四〇〇〇円だったと言われている。つまり一〇〇ポンドとなると、単純計算でおよそ二四〇万円ということになる。

モランの話を聞き終えたウィリアムは口元に手を当てて数秒ほど考え込む。そしてゆっくりと椅子から立ち上がり、自分より上背のあるモランの目を見据えてこう問いかけた。

「――ところでモランのイカサマがバレた時、相手の手札はオープンされていたのかな？」

「いや、俺が手札を見せた直後に指摘されたから、相手の札はまだ明かされてなかったが

「……って、はあ⁉」

モランは素っ頓狂な声を上げた。それもそうだろう。結婚の資金繰りの話をしていた最中に、酒場での一場面を見事に言い当てられてしまったのだから。

「ど、どうしてそれが分かった？」

ウィリアムの頭脳の卓越ぶりは重々理解しているが、モランはそれでも聞き返さずにはいられなかった。

対するウィリアムは明瞭な調子で答えていく。

「明白だよ。まずこんな夜中に来たという点から急を要する事態なんだろうけど、さっきルイスには聞かれたくなさそうにしていた様子から、可能な限り仲間内では秘密にしておきたい心情が窺《うかが》える。――『一〇〇ポンド』という値に関しては、真に迫った口振りだったので本当だろうけど――つまりモランは今晩何らかのトラブルに巻き込まれて金が必要になったが、それはごく個人的な案件という事だ。モランが夜にトラブルに巻き込まれる場所と言えば十中八九、下町の居酒屋だろう。現に今も君から安物の酒の匂いがするしね」

そう指摘され、モランは反射的に鼻をスンスンと鳴らして自分の服の匂いを嗅いでしまう。

「なら、居酒屋で起きる問題とは何だろう？　これもモランの性格を考慮すれば、女性カード賭博関係に限定できる。まず前者だけど、モランが女性の為《ため》に大金を用意するという状況自体が考えにくい。僕の知る範囲でのモランという男は女性との付き合い方は心得ているはずだし、結婚資金の肩代わりだとしてもこんな真夜中に金策に走る理由も無い。さっきのは少し苦しい嘘《うそ》なんじゃないかな」

「は、はは……」

柔らかい声音で飛んできた厳しい指摘に、モランは目元をヒクつかせて乾いた笑い声を発する。

「だとすると残りはカードの問題となるけど、単純に勝負に負けただけなら手持ちの金を失うだけで一〇〇ポンドも必要にはならない。ならばそれだけの金額を用意する義務が生じたという事だけど、そうするとモランが常日頃から行っているイカサマが今夜とうとう暴かれてしまった以外の結論には──」

「分かった。それ以上はもういい」

降参とばかりにモランが両手を上げると、ウィリアムは解説を中断した。

「確かに俺のイカサマがバレて、そこから色々交渉があった結果、これまで巻き上げた分の金が入り用になったって話だ。バカな嘘を吐《つ》いて悪かった」

「気にすることは無いよ。ただ、モランが素直に金を用意しようとしてるのは少々意外だったかな」

「ま、それもとどのつまり自業自得だ。取り敢《あ》えずはその場で相手をノしちまわなかった点だけは評価してくれ。金は自分で何とかする」

観念したように頭を掻きながらモランが部屋を出て行こうとするが、ウィリアムがその背中に声をかける。

「待ってくれモラン。その件、もっと詳しく聞かせて欲しい」

モランは振り向くと、彼の所まで歩いてきてその肩にポンと左手を乗せた。

「——なあウィリアム。俺が素直に金を用意しようとしてるのを意外に思う気持ちも分からなくもねえがな。そりゃ、いつもの俺だったらツベコベ負け惜しみをほざく野郎には真っ先に手が出てただろうぜ。だが今夜くらいは俺も大人の対応を見せてやろうって気になったんだよ。それに何でもかんでも暴力頼みなんて野蛮な真似《まね》はお前が……」

ウィリアムの言葉を勘違いして捉えたモランは、『大人びた自分』をアピールし始める。

そんな彼にウィリアムは心苦しそうにしながらも口を挟んだ。

「いや、そうじゃなくて……イカサマの件なんだけど」

「はぁ？」

モランは妙に気分が乗って『如何《いか》に人は成熟した人格を形成するか』について熱く論じていたが、ウィリアムの訂正にはてと首を傾《かし》げる。

相手の一時停止を確認してから、ウィリアムは続けた。

「決して褒められる事じゃないが、元々モランのイカサマの手口が一級品だというのは僕らの間では周知の事実だ。意外だったというなら、それが暴かれたという点だよ。だから君が置かれた状況がどんなものだったのか、僕は確かな興味をそそられた、という意味だったんだけど……」

「………………」

鼻高々に『大人な俺』感を全開にしていたモランは、当然ながら自分の無様な誤解に気付いた。そして沸々と心の奥底から湧き出る羞恥心を誤魔化すように胸を張る。

「そ、そうだ！　その通り！　何を隠そう、俺はお前がその発想に行き着くかどうか試してたんだよ！　大事なのは俺が相手に手を出さなかった事じゃなくて、イカサマがどうしてバレたかの方だ！　改めて俺はお前の仲間で誇らしいと思うぜ！」

「……そ、そうだね。ありがとう」

もう言い訳するにも遅すぎるが、ウィリアムも無理に合わせてくれる。その優しさに心をえぐられながらも、モランはウィリアムの肩を揺さぶる。

「だから今の大人の対応を見せてやろうって俺が思ったって話は忘れていいんだぞ！」

「わ、分かってるから……」

必死に恥ずかしい記憶を封じにかかるモランをウィリアムはどうにか収めると、姿勢を正して咳払《せきばら》いをした。

「――じゃあ話を戻そうか、モラン」

そう語る彼の瞳には好奇の光が宿っていた。

「聞かせてくれ。今晩、君に何が起きたのか」

声質こそは穏和だが、その佇まいには既に反論を許さぬ支配者の風格があった。

本来の姿に立ち返った彼を前に、モランも思考を切り替える。

「……ったく、大した話じゃねえんだがな」

そして差し向けられた紅《あか》い視線から逃げられない事を察したモランは、一つ呼吸を置いてから先刻自分の身に起きた小さな事件について語る決心を固めた。


「――ちょっと待ちな」

ドスの利いた野太い声が机の対面から発せられ、モランは手札を机中央に置かれた共通カードの側に放り投げた手つきのまま動きを止める。

ゲームの種類は『ホールデム』。

公開した手札はハートの6とスペードの8。場に出ている五枚のカードの内にはクラブとスペードの6が一枚ずつとダイヤの8が一枚。見事に『フルハウス』の役が完成していた。

参加人数は四人で、勝負は最終局面。それぞれが全財産に近い額を机中央に差し出している。

そんな大勝負で登場した強役に、参加していた男二人は自分たちの手札を開示する前から苦悶《くもん》の喘ぎと共に天を仰ぐ。彼らはこの店の常連で気のいい男たちであったが、モランにとって良質なカモでもあった。

だがモランの正面に座ったゴロツキ風の男だけは違った。だらしなく無精髭《ぶしょうひげ》を生やした丸顔の中で、眼光だけがやたらと鋭い。男の名はジョンソンと言った。

例のごとく役を完成させ、『フルハウス』という名にちなんで「俺は家《ファミリー》には恵まれてんだ」と決め台詞《ぜりふ》の一つでもかましてやろうと考えていただけに、モランは一瞬何が起きたのか分からなかった。彼の取り巻きである女性たちも何事かと互いに耳打ちし合っている。

ジョンソンは少し前かがみになって、硬直するモランに脂ぎった顔を近付ける。

「おい、てめえ。――イカサマしてやがるな?」

「…………」

詰問にモランは即答できなかった。いつもなら言い掛かりを付けてくる輩《やから》など力尽くで黙らせるのだが、この時ばかりは手荒な手段を取り得なかった。手札を開示した直後、半ば不意打ち気味に聞かれたことに加え、迫る男の態度に確固たる証拠を摑《つか》んだという自信が溢《あふ》れていたからだろう。

反論を忘れて惚《ほう》けている内に周囲の人間もただならぬ空気を察して、徐々に酒場全体がしんと静まり返っていく。

同じ机で勝負していた他の男たちも、モランの様子を不審に思い眉間に皺《しわ》を刻む。公平を期す為と酒場の前にいた若者にカードの配り手を務めさせたのだが、その若者もぼんやりと立ち尽くしている。

皆が彼の動向に注目し始めたところで、モランはようやく我に返り、口を開いた。

「おい、何を根拠にそんなことを──」

強気な態度を示そうと荒々しく拳を机に叩《たた》きつけたつもりだったが、照準が定まらず机の端を掠《かす》めただけだ。情けないことに、自分の想像以上に酒が入ってしまっているらしい。

その様子を見てジョンソンは嘲るように鼻を鳴らすと、今度は品定めするような目つきでモランを眺め回す。そして机の向かいから手を伸ばしてモランの手袋を嵌《は》めた右手首を取ると――そのまま上に持ち上げた。

「ほうら、やっぱりな」

彼が得意げな笑みを浮かべると同時に、モランの手袋の隙間からひらりと数枚のカードが床に舞い落ちた。それを見て、見物していた客の一人が「あっ」と驚きの声を上げる。

「本当だ！　中にカードが入ってた！」

直後、ジョンソンは立ち上がるとモランの下に歩み寄って取り巻きを遠ざける。そして客が指差すカードを拾い上げ、つぶさに検分した。

「へっ、ご丁寧に酒場で使うものと見分けがつかねえよう、わざと使い古してやがる。芸が細かい野郎だ」

用意した手口を白日の下に曝《さら》され、深酔いでぼんやりしていたモランも流石《さすが》に危機感を募らせていく。

必死になって言い逃れの言葉を探したが、タネが明かされた今の段階となっては既に手遅れだった。

「こらァ！　てめえイカサマしてやがったのか！」

さっきまで敗北に呻《うめ》いていた男が激昂《げきこう》してモランの胸倉を掴む。この程度の暴漢は、戦場で数々の修羅場を潜《くぐ》り抜けたモランの敵では無いが、ここで暴力に訴えれば火に油を注ぐだけだ。モランは拳の代わりに言葉を返した。

「まあまあ、悪かったって。ちょっとしたおふざけのつもりだったんだ」

軽い調子で打ち明けた内容は、自分でも聞き苦しいものだとモランは思った。予想通り、もう一人の対戦相手もモランに憤怒の形相で詰め寄る。

「ふざけんな。道理で前々からお前は勝ち越す回数が多いと思ったよ。寧《むし》ろこれまでよく気付かれなかったと感心しちまうぜ」

賞賛の台詞とは裏腹に、声はまるで親の仇《かたき》に向けるもののように憎々しい。

二人の男がモランを取り囲むと、ジョンソンは勝ち誇ったように尋ねた。

「おい。神聖な勝負の場で卑劣な手を使いやがったんだ。――この落とし前、どうつけてくれる？」

「どうって……」

すっかり酔いから覚めたモランの脳裏に、複数の選択肢が出現する。

――取り敢えずもう一度謝っとく？　お詫《わ》びに上等な酒でも奢《おご》る？　今晩の自分の取り分は帳消しにする？　それとも――。

モランが回答する前に、胸倉を摑んだ方が鼻息荒く言った。

「当然、今日の勝負でお前が手にした分は全部返却だ」

「そうだそうだ！　大金ふんだくりやがって！」

その意見にもう一人の被害者も声を上げた。

「……分かったよ」

まあ、妥当な流れだろう。個人的には気に食わないが致し方ない。

彼らの要求に、これ以上事を大きくしないようモランは深々と頷《うなず》いた。すると二人は机の上の金を毟《むし》り取るように回収する。

これで一旦騒動は決着かと思われたが、三人の様子を少し離れた場所で見物していたジョンソンがこう呟《つぶや》いた。

「この手慣れた様子じゃ、随分前からイカサマを働いていたんだろう。となりゃ、ずっとこいつらから金を掠め取ってたって訳だ」

その言葉を受けて、鎮静しかけていた男二人の怒りが一気に燃え上がる。

「それもそうだ！　今回の分だけで満足できるはずがねえ！　今まで俺らから巻き上げた金も返しやがれ！」

「全部で一〇〇ポンドは取られたぞ！」

「な……何ぃ!?」

想定を上回る事態に、モランも別の意味の焦りを見せた。

「ふざけんな！　今回イカサマしたからって、今までやってた証拠にはならねえだろ！」

「そんな下らねえ言い分が通用するとでも思ってんのか！　ジョンソンが言うように、その慣れたやり口が証拠だろうが！」

再び詰め寄ってきた男の叫び声に、段々と居酒屋全体が異様な盛り上がりを見せ始める。無責任で粗野な客からすれば、これほど痛快な見世物は他に無いからだ。

周囲の温度が上昇していく事を実感しながら、今度は二通りの選択をモランは迫られる。

『このまま素直に言い値を払う』か、『とっととこの酒場を去る』。

まず前者だが、現在の手持ちでは支払いは不可能。ならば金を集めるべく奔走しなければならないが、たかがカモ連中の為にそこまでするほど自分は気の長い方では無い。

ならば後者。自分に絡んでくる男たちを拳で黙らせてから、この場を離れる。ここは元々暇潰しにカードをやるだけの店でしかないし、返した勝ち分にも特に未練は無い。これが最も手っ取り早い選択だろう。だが――。

男たちに支払いを迫られながらも、モランは事の発端となった人物を見る。

イカサマを見破りカモたちを煽《あお》ったジョンソンは、にやにやとモランが追い詰められる様を愉快そうに眺めていた。

彼の狡猾《こうかつ》そうな眼差《まなざ》しから察するに、この男はモランが支払いに応じようものなら、自分はイカサマを見抜いた張本人として謝礼を幾らかせしめる腹積りなのだろう。モランが逆ギレしてこの場を去っても、特に問題は無し。

そんな思惑があって二人をけしかけたのであろう男の姿を見ながら、モランは思った。

——こいつに舐《な》められっぱなしってのは性に合わねえ。

今すぐあの男を殴り飛ばしても良かったが、それはただの開き直りだ。奴にはより屈辱的な敗北を与えねば腹の虫が治まらない。

すると彼の中に第三の選択肢が出現し、即座にそれを選び取ったモランは〝追い詰められて切羽詰まった男〟を演じてみせる。

「ま……待てよ。そこまで言うなら、俺に考えがある」

心持ち声を震わせて、やや卑屈な苦笑いを浮かべる。強者のメッキが剝《は》がれたという印象を植え付ける為だ。勿論《もちろん》、先刻の態度から不自然に豹変《ひょうへん》したと思われないよう、慎重に。

「俺はこれまでイカサマなんかしていないと断言できるが、お前らは『した』と言い張ってる。これじゃあ議論は平行線のままだ」

「はあ？　だからお前の慣れた手口が証拠だと」

「だが、それは物証じゃ無い。俺が陰で猛練習を重ねて、初めてやったのが偶然にも今回の勝負だったって可能性もある。決して『慣れてるから』って理由だけじゃ、俺がイカサマをしてたかどうかの証明にはならない。だろ？」

「………」

懸命に言葉を並べ立てるだけの言い逃れ――という雰囲気を漂わせつつも、筋が通っていなくもないとも思い込ませる絶妙な語り口。

その内容もまた詭弁《きべん》も甚だしい理屈ではある。だが、やや複雑な思考を余儀なくされた男たちはつい詰問の勢いを殺して考え込んでしまう。

彼らの逡巡《しゅんじゅん》を見たジョンソンが咄嗟《とっさ》に場を煽ろうと口を開きかけたが、モランはすぐに新たな言葉を発する。

「だから発想を変えて、俺がイカサマをしなければ弱いって事を証明すればいい。つまりもう一度正々堂々と勝負をして、俺が勝ったら今までの俺の強さは本物って事になるし、負ければ逆に俺はずっとイカサマで勝利を手にしていたという揺るぎない証拠になる」

身の潔白を明らかにする為に、もう一度勝負を行う。

これもまた、冷静に場を俯瞰《ふかん》する者が聞けば相当無茶な論法だろう。しかし説得すべき相手は今しがたまで頭に血を上らせていたカモだ。自分の望む方向に流れを導くのは決して難しい作業ではない。

二人は少し考えた後、揃《そろ》ってうんうんと頷いた。

「なるほど」

「一理あるかもな」

こうして、モランが講じた策の第一段階は成功する。ジョンソンが何か言いたそうにしているが、酒場中が囃《はや》し立てるのでそれも出来ない。普通に金を払うより真剣勝負で決着という方が見応えがあるし、ましてや被害者である二人が同意してしまったのだから、他人は文句の付けようも無い。

「だ、だろ？　それで負けたら一〇〇ポンドでも払うからよ」

皆の承諾を得られてほっと胸を撫《な》で下ろす体を装いつつ、モランは話を次の段階へ移行させる。

「それじゃあ早速再戦！　……と行きてえとこだが、まず掛け金を用意する時間をくれ。今夜の分は無くなっちまったしな。そして相手はお前ら二人のどちらかと一対一。それで文句は無いだろ？」

標的である人物から視線を外し、矢継ぎ早に交渉を進めていく。モランの分析が正しければ、あの男は自分の利になる事柄には聡《さと》い。ならば今の話し振りに隠された意図にも勘付くはずだ。

そしてモランの読みは的中する。モランの指名に、先程は黙らざるを得なかったジョンソンが反応を示した。

「ちょっと待ちな。対戦相手の候補ってんなら、俺が抜けてんだろ」

「ああ？」

獲物が食いついた事にモランは内心笑みを浮かべながら、部外者へ向ける目つきでジョンソンを睨《にら》み付けた。

「ジョンソンとか言ったか？　お前は今夜初めて会ったばかりだろうが。どうして大した付き合いも無い奴が加わる必要があるんだ？」

発言の終盤、モランは故意にその眼差しに微《かす》かな焦燥《しょうそう》の色を混ぜる。すると案の定、モランの真意を見破ったとばかりにジョンソンが口角を吊《つ》り上げる。

「もしかしてお前、正々堂々と言いつつまたイカサマする気じゃねえだろうな？」

モランはその言葉に身体《からだ》をピクリと反応させる。心中を見抜かれたという演技だ。

「そ、そんな訳ねえだろ。この二人と勝負するのが筋と思っただけだ」

「いいや、違うね。その証拠にお前はビビってやがる。今夜お前のイカサマを看破した俺とは勝負したくねえのさ」

「……んな訳ねえだろ！　何ほざいてやがる！」

核心を衝《つ》かれたようにモランが逆上してみせると、その過剰反応にジョンソンが得意満面といった顔つきに変わる。

「だったら、俺が代表でお前と戦っても文句はねえはずだ」

勝手に対戦相手の候補に名乗り出たジョンソンに、今まで成り行きを見守っていた男たちが声を荒らげて会話に割って入る。

「おい、ちょっと待てよ！　さっきそいつが言ったが、お前は元々俺たちの被害とは無関係だろうが！」

「その通り！　俺たちの金は俺たちで取り返すぞ！」

するとジョンソンが二人の男に向けて凶悪な睨みを利かせる。

「――そもそも俺がイカサマを見破らなきゃ、お前らは延々とこいつに金を奪われ続けてたんだぞ。感謝こそすれ、非難される覚えはねぇ。俺が勝ったら多少の分け前はやるからそれで我慢しろ、馬鹿共が」

恫喝《どうかつ》めいた口調で言うと、男たちも悄然《しょうぜん》と沈黙してしまう。

ジョンソンの放つ威圧感は、彼が暴力的な側面も持ち合わせているという印象を見る者に与える。恐らく汚れ仕事も幾つかこなしてきたのだろう、とモランは推察した。

男たちは不満げではあったが彼の迫力に屈して渋々納得した。何より、周囲の客たちがジョンソンはモランの不正を暴いた切れ者という認識を持っている。ならば再戦の相手は彼こそが相応《ふさわ》しいという意見で満場一致となるのに大した時間はかからなかった。

自分の思惑通りに事が進んだと思い込んでいる男は、最後に堂々と宣言した。

「よし、決定だ。このイカサマ野郎の相手は俺がする。勝負は明日の晩で、内容はポーカー。勝者は一〇〇ポンドを総取り。これで不満は無いな」

いつの間にか一〇〇ポンドを返却分では無く勝者への報酬扱いとしたジョンソンの強引な決定にも、店中からは疑問どころか拍手喝采が巻き起こる。見物客は細かな問題点よりも分かりやすさを優先したのだ。

そこへ念には念をと、最後の仕上げとばかりにモランが苦情を申し立てる。

「おい。そのルールだとお前が勝てば大金を手にするが、俺が勝っても得る物が無いだろうが」

「寝言ほざいてんじゃねえぞ。お前は自分の嫌疑が晴れるだけありがてえと思え。まあ、所詮は卑怯《ひきょう》な手でしか勝てねえクソ野郎だ。俺は本来一度やった相手とは二度やらねえ主義なんだが、今回は特別だ。明日はしっかりと俺が今夜の分の天罰を下してやるよ」

「…………」

モランは不機嫌そうに舌打ちをするが――これで全ての仕込みは完了した。

モランはハイリスクで、自分はローリスク。この圧倒的有利な条件ならば、ジョンソンも勝負を投げ出すまい。

だがモランは物質的な見返りなど求めていなかった。明日、ジョンソンの吠《ほ》え面さえ拝めれば十分なのだ。

一見、彼は仕留められる寸前の獲物のように慄《おのの》いていたが、反対にその心は標的に銃の照準を定めた狩人のそれであった。

「——そうして俺は見事な手並みで居酒屋の空気を誘導し、そいつとカードで戦かます段を調えたのさ」

話をそう締め括《くく》ったモランは、ソファの背もたれに体重を預けた。

モランたちは居間に場所を移していた。部屋にはウィリアムの他に、ルイスとフレッド、そして仕事を終えて帰宅したばかりのアルバート。つまり深夜にも拘《かか》わらず、モランの身に起きた珍事を聞こうと仲間が勢揃いしていた。

騒動の概要を聞き終えると、壁際に佇んでいたルイスが肩を竦《すく》め、今の話を簡潔に纏《まと》めた。

「……妙に勝ち誇ったような態度を取っていますが、詰まる所、モランさんはイカサマを見抜かれたのが悔しくて仕返しを企《たくら》んでいる、という事ですね？」

「相変わらず短気だし、やり口もどこか陰湿……そもそも今回のイカサマはバレて当然のレベル……」

ルイスに続き、フレッド・ポーロックが苦々しい声音で言った。

期待していたものとは異なる反応をされたモランは言い訳がましく述べる。

「いやいや、悪い見方をするとそうだけどよ。ここは安易に手を出さなかった俺の大人な対応と、巧みに再戦に持ち込んだ話術を褒め称《たた》えるべきというか」

「でも一晩で大金を用意する当てが無かったから、人目を憚《はばか》りながら兄さんに借りに来たんですよね」

「……それはまあ、計算外っつーか、凡ミスだ」

困り果てた様子で的確に痛い部分を突っ込んでくるルイスに、得意げだったモランもタジタジになる。

「ところで、お前はお前でどうして優雅に酒なんか飲んでやがる。俺だってこの微妙な空気の中、飲むのはどうかと思って控えてるんだぞ」

一転してモランは怒りを剝《む》き出しにして、向かいに座るアルバートを睨み付けた。上品にワイングラスを傾けるモリアーティ家長兄の仕草は、まるでモランの体験談を酒の肴にしているようですらある。

アルバートは赤ワインの色合いを見つめながら、口元に微笑を浮かべる。

「優雅というほどでもないさ、モラン大佐。イカサマの発覚について、もしもこれから重要な仕事に携わる際、そんな下らないミスをされては堪《たま》らないと思ってね。今後ウィリアムが君に与える任務はごく簡単なものにすべきなのではと懊悩《おうのう》していたのだ」

「この野郎……」

憂慮《ゆうりょ》を装った皮肉に、モランは額に青筋を立てて左拳を握り込む。しかしイカサマ発覚についての非は自分にあるので、それ以上の口答えは出来ない。彼の悔しがる姿を見て、アルバートはますます愉快そうに残りのワインを口にする。

やがて余裕たっぷりのアルバートに対抗するのは無駄な消耗と判断し、モランは不機嫌そうにそっぽを向いた。

すっかり不貞腐《ふてくさ》れてしまった彼を見つつ、ルイスが呆《あき》れるような声を発した。

「全く、喧嘩《けんか》っ早いのはモランさんの欠点ですね。フレッドも夜には街中を巡っていますが、安易に賭博には手を出さないよう気を付けて下さい」

「そうですね。今回の件は教訓となりました」

「コラァ！　勝手に人の話を教訓にするんじゃねえ！」

ルイスとフレッドの会話に、モランが怒声を上げる。

彼が持ち込んできた案件に対し三人がそれぞれの反応を見せる中、一人ウィリアムだけがソファに沈み込んだ姿勢で沈思黙考していたが――やがて彼は徐《おもむ》ろに身体を起こすとモランに尋ねた。

「ジョンソンという男だが、その時が初対面だったのかな?」

「ああ。だが妙にカードが強い野郎が現れたってんで、前々から下町では噂《うわさ》になってたらしい」

「なるほど。じゃあもう一つ質問するけど――今回、モランのイカサマが発覚した原因は何だと思う?」

その問いに、モランは半ば開き直ったかのように指折り数えて述べる。

「いつもより悪酔いしちまってた。女の前で調子に乗ってた。イカサマに慣れ切ってたせいでつい油断しちまった。一つ一つ挙げてったらキリがねえが、要は今晩の俺は間抜けだったんだろ」

言い終えてモランは最後に自嘲を飛ばすが、ウィリアムが求めているのはそんな安易な解では無いようだ。

「しかしさっきも口にしたけど、モランは基本的にイカサマの達人で、それがいかにシンプルなタネであれ、並の人間には見抜く事など到底不可能だ。――僕が言いたいことは分かるかな？」

「……ああ」

モランもウィリアムが暗に示した事柄を理解していた。

彼のイカサマを見抜いた事から、ジョンソンという男について二つの解釈が出来る。

一つは、単純にジョンソンが人並み外れた観察力を持っていた。

これはもっともな見解だが、ならばモランが隠し持っていたカードを手札とすり替えた瞬間に指摘するはずだ。わざわざモランが手札を公開した直後にイカサマを訴える理由は無い。

そしてもう一つは、ジョンソンもまたイカサマを行っていた。

最後の大勝負で飛び出したモランの強役は確かに不自然なものを感じさせただろうが、ただの幸運という可能性も完全に否定は出来ない。しかしそれでも尚《なお》、確信を持ってイカサマを主張したのは、モランの手札が仕組まれたものであると相手側が思える何かがあったという事だ。

それを暴く秘密は恐らく――当時の相手側の手札に隠されているのではないだろうか。

モランの話からそこまで推理を進めたウィリアムは、腹心の部下の返答に納得したように頷いた。

「すると、相手の使った手口については？」

「色々見当は付いてるが、最有力と思われたものについてはその場では証明できなかった。こっちが追及されてる間に消えちまってたからな」

「それはご愁傷様」

ウィリアムは労《いたわ》りの言葉をかけつつも、胸の内ではモランへの賞賛を惜しまない。話術を以《もっ》て場の空気を変えただけではなく、既に敵方の策略にも当たりを付けていたのだ。

「ていうかお前もお前で、話を聞いただけでよくそこまで推理できるな」

「報告がきちんと肝心な点を押さえているからだよ。酔っていたとはいえ、そこまで当時の状況を記憶していたとは流石だ」

「おいおい、褒められてる気がしねェぜ」

ウィリアムとのやり取りでモランは楽しげな笑みを浮かべるが、端で見ていたルイスは苦笑と共に彼を冷やかす。

「当然ですよ。モランさんが一度は完全にしてやられたという事実に変わりはありませんし」

「えっと……まあ、発端となった箇所だけ切り取ればそうなんだがな」

またまた図星を指され、上機嫌になっていたモランも自重して声を潜める。

二人の様子を楽しげに見守っていたウィリアムは、モランに尋ねる。

「勝負の内容はポーカーと言ってたけど……僕の予想では互いに同額のチップを所有し、どちらかのチップがゼロになるまでやるか、或《あ》いは何回かゲームをした後、最終的にチップをより多く保有する者が勝ち。どちらかの方式で行うという認識で問題ないかな？」

モランは気持ち斜め上を見上げて考え込む。

「多分そうなるだろうが――俺の見立てでは、ジョンソンはそこそこ知恵が働く。もしかしたら変則的な勝負を仕掛けてくるかもしれねえな」

「そうか。よく分かったよ」

話を聞き終えると、ウィリアムは静かに立ち上がった。

「――さあ、勝負に必要な準備をしようか」

その発言から次男の心中を察したアルバートは、空になったワイングラスを机に置きつつ言った。

「ＭＩ６の助力は必要かな？」

冗談交じりの問いに、ウィリアムも笑みを返す。

「そこまで大掛かりな準備は要りませんよ、アルバート兄さん。ただ……フレッド、君の力を貸してもらえると有り難い」

「はい」

ウィリアムの要請に、フレッドは背筋を伸ばして一も二もなく承諾した。

すっかり行動方針を定めてしまった実兄に、ルイスは少々困った様子を見せる。

「兄さん。これはモランさん一人の問題です。わざわざ手を貸す意味など」

「その通りだぜ、ウィリアム。こいつは俺の勝負だ。それとも何か？『これも国を下町から変革する計画の一端』……なんて言うつもりか？」

ルイスに続いてモランも反対の意を表明すると、ウィリアムは相好を崩した。

「とんでもない。これは僕たちの仕事とは何ら無関係な雑事だ。けれど僕だってたまには羽目を外したくなる時もある。だから、これはあくまで僕個人の退屈凌《しの》ぎのつもりさ」

大金がかかった勝負を退屈凌ぎと言ってのける彼の大胆さに、モランは笑みを浮かべつつも背筋に寒気を覚え、ルイスも半分諦めたように微笑する。

「……それもそうですね。兄さんも連日仕事続きでお疲れでしょうし。折角ですから、心ゆくまで羽を伸ばしてきて下さい。ですが飲み過ぎにはご注意を」

「ありがとう。でも心配には及ばないよ」

弟に礼を言うと、〝犯罪の王たる男〟は悠々と宣言した。

「これは――ただの戯れだ」

明晩。

モラン行きつけの居酒屋は大勢の客で賑《にぎ》わっていた。

盛況の理由はというと、単にまだ日が沈んで浅い時刻だという事に加え、低俗な噂好きの住民の間で昨日の一件が瞬く間に広まった事が大きい。

カード強者のイカサマ発覚。

それを暴いた男とのリベンジマッチ。

二つの旬な情報は見物客を招き寄せる材料としてはうってつけであったらしく、今この瞬間も勝敗の行方《ゆくえ》に関する話題で持ち切り。客たちは口々に互いの予想を語り合い、更に一部ではどちらが勝つかという、賭けに対する賭けというややこしい事態にすら発展している。

客の気楽な賑わいの中心部で、ジョンソンは古びた椅子に座り、机に足を乗せた姿勢でその瞬間を待ち受けていた。横柄な待ち姿ではあるが、その丸顔には抜け目の無い鋭利さが宿り、堂々たる居住まいには彼の歴戦ぶりが表れている。

周囲の喧騒など気にも留めぬ彼の後方には、手下と思《おぼ》しき柄の悪い男が数人と、昨日モランと勝負していた二人が並んで座っていた。

と、そこで店の木戸が開かれる。

今か今かと待ちわびていた者たちは、一日ですっかり下町の有名人となってしまった男の登場に、わっと歓声を上げる。同時に常日頃彼に対して恨みを持つ者のブーイングと、彼のことを気に入っている女性たちの嬌声《きょうせい》も響いた。モランが酒場では本名を明かしていないのが、ある意味救いではある。

渦中の男であるモランは妙な騒ぎになっている店内を鬱陶《うっとう》しそうに見渡すと、中央に店の主人のごとく居座るジョンソンに鋭い視線を投げかけた。

対するジョンソンは、高い位置にあるモランの顔を睨み付けて笑いかける。

「よお。てっきり尻尾巻いて逃げ出したんじゃねえかと思ったぜ」

「生憎《あいにく》、ここはお気に入りの店でな」

ジョンソンはモランが左手に持った袋を見て、目を細める。

「金は用意してきたようだな」

「それもそうなんだが、紹介したい奴がいてな」

「ああん？」

ゴロツキの唸《うな》り声を無視して、モランはちらと背後を一瞥《いちべつ》する。

するとモランの横に、上品な身なりをした金髪紅眼で端整な顔立ちの男が歩み出る。彼も右手にモランと同じ袋を持っていた。その数歩後ろには、もう一人小柄な青年が控えている。

「そいつらは？」

「金髪の方は〝ウィリー〟。その隣は……さっき道端で会った名も知らぬ他人だ」

本名は明かさぬよう、モランは偽名でウィリアムを呼ぶ。

「初めまして。僕は古くから彼と親しくさせてもらっている、しがないギャンブル好きの男です。気軽にウィリーとお呼び下さい。まずこの度は、彼が皆様方に大変なご迷惑をおかけしたことを、僕からも深くお詫び申し上げます」

モランの紹介に合わせて、ウィリーことウィリアムがシルクハットを取りつつ丁寧なお辞儀を見せる。青年の方は口を引き結んだまま動こうとはしない。

謎の人物の登場に、周囲にざわめきが広がる。客たちは彼の外見や仕草から薄々その正体に気付き始めていたが、やがてその気持ちを代弁するようにジョンソンが言った。

「てめえ――貴族だな」

ざわめきが一層激しさを増した。

基本的にこの居酒屋の主な客層は労働者階級の荒くれ者たちだ。そんな粗野な空間へ、貴族という場違いな人種が現れた事に客が動揺するのも無理も無い事だ。

しかし彼らの戸惑いを無視して、モランが淡々と説明する。

「お前が要求した一〇〇ポンドだが、どうにも俺だけで用意するのは無理があってな。だからこいつに頼んで借り受けようとしたんだが、どうも話をする内に下町の賭けポーカーに興味を持っちまったようでな。いくら言っても聞かねえもんだから、仕方なくここまで連れてきたんだ」

ウィリアムは再び恭《うやうや》しく頭を下げた。

「そういう訳で、畏《おそ》れ多くもこの場に参上した次第です。不躾《ぶしつけ》な我が儘《まま》を申した身で大変恐縮なのですが、もしよろしければ支払いの代行ついでに、僕もあなた方のゲームに参加させて頂くことは可能でしょうか?」

そう言って彼が微笑《ほほえ》みながら右手の袋を持ち上げると、ジャラリと硬貨が擦《こす》れ合う音が漏れた。袋の膨らみ具合から、中には相当量の金額が詰まっている事が予想される。

普段は見慣れぬ大金に観客がゴクリと生唾を飲み込む一方で、店の酒と煙草《たばこ》で淀《よど》んだ空気とはミスマッチなウィリアムの高貴な笑顔に店の女性たちはすっかり見惚《みと》れていた。

「………」

唐突な話の流れに店内のどよめきは増すばかりだが、ジョンソンだけは睨みを利かせたまま一人黙考していた。

――既にジョンソンの脳裏では、どのようにしてこの降って湧いた幸運をものにするかという事に思考が割かれていた。

自分が昨晩卑怯者のレッテルを貼ってやった男から、一〇〇ポンドを奪い取る算段は既に出来ている。それに加えて彼に伴って現れたこのお気楽そうな貴族からは、どれだけの金を搾り取れるだろうか。丁度このウィリーとかいう若造はカード勝負に興味津々だという。なので参加料として彼の手持ち分も勝利報酬として上乗せさせるだけで良い。

残るは――相手の勝ちの目を完全に摘み取るだけ。

ジョンソンの思考時間に比例する形で、店の喧騒が次第に収まっていく。可否の権利は対戦相手のジョンソンにあるので、彼の結論を聞き漏らすまいと誰もが耳を澄ました。

ジョンソンは机から足を下ろして言った。

「……いいだろう。ウィリーさん。あんたの参加を認める」

意外な対応に、途端に周囲に驚きが満ちる。だがジョンソンは片手を上げてそれを制すると、少し悲しげな身振りでこう付け加えた。

「だがな、ウィリーさんよ。俺は生まれてこのかた、ずっと下町の貧民で通ってきてたてな。当然、貴族のあんたみてえにまともな教育なんざ受けたことがねえ。つまり一つの事実として、頭脳面ではガキの頃からちゃんとお勉強をなさったあんたの方が有利なんだよ」

その発言を受けたウィリアムは「いえいえ」と否定の素振りを見せた。

「頭脳が勝っているとは買い被りに過ぎますよ。確かに僕は大学で一通りの学問を学びましたが、勉学における成績の良し悪《あ》しなど、こういったギャンブルにおける賢さとは無関係でしょう」

「果たしてそうかな？　俺らが普段やる勝負じゃ、求めるカードが出る確率を計算できりゃ勝率は段違いになる。仮にあんたが学校時代に数学を専門に学んでいたとしたら、そんな真似が出来る可能性もゼロではないだろう？」

こじつけにも似たジョンソンの予想に、ウィリアムは困り顔で肩を竦めた。

「なるほど。たった今、大学を出たと公言してしまった以上、そういった疑いを持たれるのは仕方の無い事かもしれません。全く、口は災いの元です」

ウィリアムが渋々受け入れた様子を見せると、ジョンソンは話を続ける。

「すると、だ。俺とあんたが公平に戦える条件てやつを設けなきゃいけねぇ」

「ええ。それはどのような？」

興味深そうに問われて、ジョンソンは口の端を邪悪に吊り上げた。

「簡単さ。頭脳の差が入り込む余地の無いゲームにすればいい。そこで俺が提案するのは、最初の一回で勝負が決まる——文字通り、一発勝負のポーカーだ」

「何だと？」

突拍子も無い内容にモランが苦言を呈した。

「一発勝負だァ？　そしたらポーカーの醍醐味《だいごみ》であるチップの駆け引きもクソも無いだろうが」

ポーカーという勝負において、持ち金であるチップは勝敗を左右する重要な代物である事は言うまでもない。

単純に賭けたチップの量が多ければ勝負に勝った時の見返りは大きくなるし、たとえ自分の役が弱くとも、大きくチップを張ってハッタリをかまして相手を勝負から降ろすのは心理戦の初歩である。

だがチップの有用性とは、基本的に複数回勝負を行うという前提があって初めて発揮されるものだ。一回目の勝負で負けても、二回目で大きく取り返せる。互いの役の強弱を予測し、どのタイミングでいくらチップを張るか。そこでプレーヤーの度量と判断力が試される。

つまりジョンソンの考案したルールでは、チップを大きく張るか小さく張るかなどの心理的駆け引きの一切が無くなる。それどころか、一回で決着が付いてしまうのなら最早チップの概念そのものが不要となってしまうのだ。

モランの真っ当な意見に周りからも「そうだ」と野次めいた同意の声が湧く。

しかし丸顔の男は至って落ち着いた様子のまま、手をさっと振って場を鎮めると、声を大きくして言った。

「その楽しみを失う点については俺も残念だが、貴族様を相手にする以上は必要な措置だ。まあ、まずは話を最後まで聞けよ」

ジョンソンは予《あらかじ》め酒場に用意されていたカードを取り出し、説明を始める。

「ゲームも『ホールデム』じゃねえ。さっきも言ったが、あれは確率を計算されちまうからな。ならばより予測が及びにくい形にする必要がある」

「待て。昨日お前ははっきりと『ポーカーで勝負』と言ったろ。あの発言も無しってほざきやがるのか」

「いいや。役の作り方はポーカーと一緒だ。だがちょいとルールが違う。見てろ」

ジョンソンがトランプの束を机に置くと、その上から計五枚のカードを取った。

「ホールデムでは一人二枚手札を配られるが、このゲームでは一人五枚のカードが与えられる」

そして手に持った五枚の内、二枚を横に捨てて山札から同じ数だけ引く。

「その後、このように一度だけ手持ちの中から好きな枚数をチェンジする機会が与えられ、

「そこで完成した役で勝負となる」

最後に、手札を机に広げる。偶然にも7が二枚のワンペアが出来ていた。

「……中々面白いですね」

解説を耳にしたウィリアムが感心したように口元を綻ばせる。

所謂《いわゆる》、『クローズド・ポーカー』と呼ばれる形式である。

場に出ている五枚の共通カードと二枚の手札の計七枚で役を作るホールデムとは違い、クローズド・ポーカーでは役を作るカード全てがプレーヤーの手中に握られている為、必然的に相手の役を予想するのがより困難となる。

互いの手の内を読むのが難しくなる上に、たった一回で勝敗を決する仕組み。

確かにこのルールを用いれば、駆け引きに費やす思考は制限される。頼れるのはほぼ自分の運だけ――。

先程ウィリアムはジョンソンが懸念した計算高さを表向きには否定したが、実際はいとも容易《たやす》く行える頭脳を持っている。それは幼い頃、偶然賭けが行われている所に居合わせ、場に出たカードを見た瞬間に計算し終えてしまったという驚嘆すべき逸話に示される。

だがジョンソンもジョンソンで、突然現れたウィリアムの立ち居振る舞いから敏感にその可能性を察知し、予め考えていたかどうかは定かでは無いが――このゲーム形式を提案した。

　確かに並のゴロツキとは一味違う、とウィリアムとモランは同時に悟った。あくまで並のレベルと比較すれば、だが。

　しかしいくら今夜は相手に発言権があるとはいえ、普通なら一方的にあれこれ決めつけられるのは心中穏やかでない。ジョンソンが何らかの対策を打ってくるのは前もって予測済みだが、一応演技として、モランは隣のウィリアムに相談を持ちかける。

「おい、お前は俺たちがいつもしてる賭けをやりに来たんだろ？　だったらこんな珍妙なルールに付き合う義理はねえぞ」

　しかしそこへすかさずジョンソンが割って入る。

「つれねえ事を言ってるが、お偉い貴族様は平然と前言を撤回するのか？　まあ、それもいい。道楽半分で小汚い酒場にお越しになった挙句、ゴロツキ相手に多額の寄付をしちまったとなりゃ、しばらくは社交界でも笑い種《ぐさ》になるだろうしな」

　彼が丸顔を歪ませて嘲笑すると、後ろの仲間からも汚い笑い声が発せられる。

「…………」

　挑発を受けたウィリアムは、その端整な顔に薄い笑みを貼り付けたまま静かに佇んでいた。

やがて彼はモランと目を合わせてから小さく頷くと、木の椅子を引いてジョンソンのいる机の前に座った。

「やる気になったか？　お坊ちゃん」

計算通りに事が運んで満足そうにする男に、ウィリアムは丁重な言葉で応じる。

「ジョンソンさん。本来ならば僕の友人と一騎打ちと相成っていたはずの今夜、急遽《きゆうきよ》飛び入りで参加するなどという無礼を働いた僕なんかの為に、このような風変わりな趣向のゲームを企画していただき、感謝の念に堪えません」

そして彼は手にしていた袋を少々乱暴に机に置いた。

「少々品位に欠ける見せ方ですが、この中には一〇〇ポンド分の硬貨が入っています。これは僕の参加料として賞金に上乗せして下さい。つまり友人の分を含めて計二〇〇ポンドですね」

賞金が倍になった事で、酒場の観衆はまたもや生唾を飲み込む。

瞬間、ウィリアムの慎《つつ》ましやかな笑みの質が変わった。

「――やりましょう。ルールはそれで結構」

ウィリアムの宣言に、固唾《かたず》を呑《の》んで見守っていた店中がまたまた沸騰した。これでどちらが勝つにせよ、明日から当分は下町の話題はこの件で持ち切りとなること請り合いだ。

ウィリアムは盛り上がった人々など気にも留めずにジョンソンに提案する。

「ですが、僕たちは実質仲間のようなものですので、そちらももう一人参加者を加えてみてはいかがですか？」

「そうだな。おい、お前、ちょっと来い」

ジョンソンに呼ばれて、仲間の一人が彼の横に座る。

三人が位置についたところで、モランも不愉快を露《あら》わにしつつも、袋を机の中央に置いてドサリと椅子に腰掛けた。

友人の着席を確認するとウィリアムは後ろを振り返り、入店当初からずっと黙りこくっている青年について相手に説明する。

「既に友人が言いましたが、彼はここに来る途中で出会っただけの見ず知らずの他人です。この勝負は彼にカードの配り手を務めてもらおうと考えています。何せ大金が懸かった大勝負ですので、万に一つの不備も無きよう細心の注意を払わねばなりません。それに昨晩も公平を期す為に同様の事をなされたとお聞きしました」

「ははは、お気遣いどうもと言いたいところだが――それは承服しかねる」

笑い交じりににべもなく断られると、ウィリアムの目元がピクリと動いた。

「と言うと？」

無駄な説明をする手間に、ジョンソンは舌打ちをした。

「そんな紹介を誰が真に受けるかって話だ。お前らが連れてきたなら、その若造もお前らの仲間って発想に行き着くのは当然だろうが」

ウィリアムは若者を再度まじまじと見つめると、物憂げに嘆息する。

「これは残念。色々手間が省けて良いと思って、わざわざ連れてきたのですが……どうしてもあの人では無理なのでしょうか？」

奇妙な食い下がり方をするウィリアムに、ジョンソンは忌々しげに告げる。

「そういう言い方は不要な疑惑を招くだけだぜ。だが中立の奴を配り手にするってアイデアには賛成だ。だから――」

ジョンソンは首を二、三度左右に振ると、店の外に目を留めた。

「――あいつだ。俺が見る限り、あの男は完全に部外者だぜ」

彼が示した先には、客の詰めかけた店内をぼんやりと眺める若者が立っていた。頭には帽子を目深に被っており、顔ははっきりと窺えない。

若者の姿を認めたウィリアムは、しばし吟味するように眺めてから頷いた。

「確かに。あの方なら大丈夫そうです」

ウィリアムはモランにも目配せし、モランもチラリと若者を見る。

「俺も、あいつで文句はねえ」

「よし。決まりだ」

二人の同意を得ると、若者は店の中に呼ばれ、トランプを手に机の横に立たされた。細かな事情を説明していない所為《せい》でどこか落ち着かない挙動だ。更に彼は場の穏やかならぬ雰囲気に気後れしたように顔を俯《うつむ》けてしまい、判別しづらい顔が余計に隠れてしまう。

怯《おび》えるような彼を尻目に、ウィリアムとモラン、ジョンソンとその仲間が向かい合う。

これにて役者は揃い、いよいよ待ちに待った勝負の時がやってきた。

「一つ、言っておく事があります」

だがゲームが始まるかと思った矢先——ウィリアムが口を開いた。

不意に発せられた言葉に、酒場の人々は頭に疑問符を浮かべた。

「ジョンソンさん。話によれば、この一〇〇ポンドという金額は元々、恥ずべき行いをした僕の友が、これまで騙《だま》していたかもしれない方々に支払う分とお聞きしました」

問われた男は鼻を鳴らしながら、モランによって不本意な展開に持ち込まれてしまった当時の光景を思い出す。

「ああ。それが不思議な事に、こうして大金を巡る大勝負に様変わりしちまったがな。だがこれも悪くない。言わばこれは勝負の体を成した、イカサマ野郎への制裁の儀式とも捉えられる」

　ウィリアムはわざとらしく驚いてみせる。

「それは恐ろしい。ですが『制裁』とはあまりにも乱暴な表現ではありませんか？　勝負はまだ始まってすらいないというのに」

　貴族のもっともな意見に、ジョンソンはモランを一瞥してから言う。

「大抵、罪人ってのは裁かれる運命だ。神様がそう決めてるんだよ。それにどうせそいつはイカサマでもしなけりゃ勝てやしねえ雑魚だ。雑魚には雑魚相応の無様な敗北が待ってるだろうぜ」

　安い罵倒だったが、モランは机の上に置いた左の拳を強く握り込んだ。報復を再戦の形にして良かったとつくづく思う。――この下衆野郎の勝ち誇った顔が崩壊する瞬間が楽しみだ。

　そんなモランの心情とは反対に、ウィリアムは最後の良心を見せる。

「しかし聖書にも『人を裁くな』とあるように、たとえこれが制裁だとしても多少は寛大な処置をなさっては？　今からでも遅くはありません。場が殺伐とするような大金を賭けるのは控えて、ほどほどに楽しむという形には出来ませんか？」

　この発言には、真剣勝負を心待ちにしていた店の人間たちが興を削がれたようにうんざりする。集団の所々からはブーイングも飛んだ。

勿論、この期に及んで和解など、ゲームの発案者は承服しない。

「白ける事を言うんじゃねえよ。それに『人を裁くな』と言ったが、天運が決め手となるこの場合、裁くのは俺じゃなくて天上の神様さ」

ウィリアムは少し考えてから、自分の解釈を話した。

「──するとこのゲームでは、全ての出来事は天の配剤ということですね？」

「そうだ、悪には天罰が下る」

「それがカードによって示される？」

「ユニークだろ。滑稽《こっけい》な悲喜劇じみててな」

「ならば、あなたにはその結果を受け入れるだけの心構えが出来ているということですね？」

執拗《しつよう》に投げかけられる問いに、ここまで上機嫌だったジョンソンも不快感を示した。

「さっきから何だってんだ？　そうだよ！　どんな結果が出ようが、ここに居合わせた奴には甘んじて受け入れる義務がある！」

彼の怒気混じりの言葉を聞いて、ウィリアムは不吉に口元を綻ばせる。

「それを聞いて安心しました。ならば謙虚に神の審判を待つことにしましょう」

「へっ、今頃信心深くしても無駄さ。不道徳を働けば、街ごと神の火に焼き殺される。旧約聖書にもそう書いてあるぜ」

「………」

自分たちもいずれ裁きを受ける身。ならば――どちらがより業の深い悪か証明してみせようか。

顔に出そうになった己の悪魔的な側面を押し殺し、ウィリアムは沈黙する。

ゲームが開始された。


若者がカードを四人に配っていく。

おろおろとした手つきに一度だけ野次馬が心ない罵声を飛ばしたが、すぐに四人の前に五枚ずつ、計二〇枚のカードが並べられる。

まずはジョンソン。彼は自分の手札を見ても、特に何の感情も示さない。

続いて彼の仲間。手札を見た瞬間に、思い切り顔を顰《しか》める。隠し事の出来ない性格らしく、読み合いが鍵を握る勝負が不得手なのは明白だ。

そしてモラン。彼は左手でカードを広げて眺めるが、ジョンソンと同じく迂闊《うかつ》に感情を表に出す真似はしない。自分の手札を確認し終えると、すぐに相手の観察に入った。

だが、その観察する相手は自分の手札そっちのけで、奇怪なものにでも出くわしたかのようにポカンと口を開けている。そして、その間抜けとも言える表情は店内の客たちにも伝播《でんぱ》していった。

彼らが瞠目《どうもく》している原因はまさしく、ウィリアム・ジェームズ・モリアーティだ。

彼は、配られたカードを見るどころか、手に、取って、すら、い、なかった。

謎の行動を取りだしたウィリアムだったが、彼は困惑した店の空気など意に介さぬように、ニコニコと穏やかな微笑を湛えているだけだ。

「おい、手札は配られてんだろうが。何をボサッとしてやがる」

裏に伏せられた状態で放置されたカードを見てジョンソンが文句をぶつけると、ウィリアムは微笑みを絶やさずに告げた。

「これは天運が全てを決めるのでしょう？　だから僕は無駄な足掻きはせずに、ただ結果を待つ事にしたまでです」

実際にポーカーでは自分の手札を一度も見ず、大量のチップを賭けて相手を怯《ひる》ませるという荒技も存在する。

しかし最初の一回で勝敗が決まるこのゲームではそもそも『相手を降ろす』という選択肢など無く、その戦法はただの無策であり無謀でしかない。

このような行為は馬鹿げていると理解していないのだろうか？

ジョンソンはその辺りを問い質《ただ》さずにはいられなかった。

「あれは物の喩《たと》えだろうが。大部分の要素は運ってのは間違いねえが、一回きりのチェンジの権利まで放棄するつもりか？」

「ええ。このまま謹んで天命に従う所存です」

間髪容《い》れず答えた貴族の男に、ジョンソンは呆れ返る他なかった。

道楽貴族ってのは、ここまでお気楽な連中なのか？　或いは完敗しても一〇〇ポンド程度は端金《はしたがね》だというのか？

——いずれにせよ、荒稼ぎはさせてもらうがな。

胸中で邪《よこしま》な本音を吐露する彼は、ウィリアムの奇行は完全に無視して手札の二枚を机の中央に放った。

「おい、二枚チェンジだ」

彼が配り手からカードを受け取ると、続いてその仲間が四枚チェンジを要求した。だが受け取った四枚のカードを見て即座に顔を青ざめさせる。あまりの分かりやすさに逆に怪しい、とモランは思った。

「俺は一枚」

モランもカードを一枚チェンジ。

そして当然ながらウィリアムは不動。唯一プレーヤーが行えるアクションを放棄する様は、最早勝負を投げていると判断されてもおかしくはない。

あっという間に、全員分のカードチェンジが終了する。泣いても笑っても、今その手の中にある役で勝負するしかないのだ。

相手の役を読み切る思考や、チップによる駆け引きも不要。

ひたすらに運という不確定要素だけを頼りにしなければならないこの勝負は、貧富や家柄の格差を超えた、言わば万人に平等な戯れなのだ。

――『彼』を除いて。

ジョンソンは人知れず、広げた手札の裏でほくそ笑むと、傍らに立つ配り手の若者を一瞥した。

この勝負は、アレが決まった瞬間から『彼』の勝利は約束されている。一方的な勝利が決定されているが故《ゆえ》に、これは相手側にとって『制裁の儀式』なのだ。

手札の公開が始まる――。

まずはジョンソンの仲間が、やけくそとばかりに手札を机に叩きつける。

数字もマークもバラバラ。ダイヤの11が最高の『ブタ』だ。

「……本当に弱かったのかよ」

最弱の役を目の当たりにしたモランは、敵の動揺が逆に演技ではないのかと疑っていただけにさりげなく一安心した。

続いてモランが手札を公開した。

ハートの4。スペードの4。クラブの4。スペードの2。ダイヤの2。

──『フルハウス』。

店のあちこちから驚きの声が上がると、モランが得意げに笑ってみせる。

「今度こそ正真正銘の奇跡だ。普段から家族想《おも》いにしてて良かったぜ」

「………！」

イカサマが発覚した時と同じ役の登場に、昨晩モランと対戦したカモ二人が立ち上がって不正を訴えようとする。

しかし彼らは何も言えずに、ただ口をパクパクと開閉させる事しか出来なかった。前夜と同じ轍《てつ》を踏むまいと憎きモランの手元を注視していたにも拘わらず、そこに不審な動きは見出せなかったらしい。勢いよく立ち上がった彼らは、やがて萎《しお》れるように椅子に座り直した。

「天運が全てってつったか？　ならこの役が揃ったのも神様の思し召しって訳だ」

モランが強気な態度で敵に語りかけた。運のみの勝負というならこれ以上の役を引き当てるのは至難の業《わざ》だ。普通ならばこの時点でモランの勝利は確定である。

だが、ゴロツキの頭目——ジョンソンは揺るがない。

「哀れだな。絶対勝てない状況で勝つからこその奇跡なんだよ」

彼は濁った光を宿す眼差しをモランに向けると、その手札を曝した。

「——ああ！」

観客が発した悲鳴が谺《こだま》すると、そこから火がつくように店内の興奮がモランの時の倍以上に膨れ上がる。

ダイヤの2。ハートの6。スペードの6。クラブの6。ダイヤの6。

同じ数字が四枚の、『フォーカード』。『フルハウス』よりも一つ上の役だ。

「クソが……！」

奇跡を超える痛撃に、モランはギリと歯嚙《はが》みする。

「へっ、神様も残酷だな！　一瞬でも勝てるなんて期待させちまうなんてよ！」

ジョンソンは丸顔を凶悪に歪ませ昂然と叫ぶと、後ろの手下に向けて親指を立てる。その際、彼の仕込んだ種には決して視線を留めぬように。

勿論この劇的な展開は、ジョンソンとその仲間にとって予定調和の産物である。知ってしまえば何て事ないこの手口で、彼は着実に勝利を築き、懐を潤してきた。

重大な欠点としては、実行するには相手を選ばなければならない事、同じ相手には二度使えないという事だが、その分成功した時の見返りは大きい。

思えば、昔カードをしていた時、試しに偶然を装って知人に『それ』をしてくれるよう頼んだ事が最初だったか……。

——この場所でもう一度行うのには少し肝が冷えたが、結局誰も気付いてはいない。揃いも揃って馬鹿ばかりだ。

上位の役の応酬に観客は大いに盛り上がっているが、ジョンソンにとって真相に思い至らぬまま騒ぐ彼らは思考停止した愚者の群れでしかなかった。

無知なる観衆への侮蔑を腹の底に秘めつつ、彼は大音声の中で一人静穏な態度を保つ貴族を睨み付ける。

「さて、ウィリーさん。最後はあんただ。しょっぱなから随分と演出過多だったとは思うが、天命に従う覚悟とやらは出来たかい？」

現時点で勝利を絶対のものと確信している彼にとっては、ウィリアムの役の確認など流れ作業でしかない。賞金を頂いたらさっさとこの喧騒を離れて仲間と一杯やろうという考えが先行し、彼は既に半分椅子から立ち上がりかけていた。

だがこの狡猾なゴロツキにとって絶好のカモでしかないはずのウィリアムは、鮮血のような緋色の瞳を差し向けながら言った。

「あなたのお望み通りに訪れましたよ。——裁定の時が」

そして、ずっと伏せられたままの手札を表にする。

瞬間、建物全体が揺れるくらいに沸騰していた店内が、一転して嘘のように静寂に包まれた。

「……は?」

全員が、ただ呆然《ぼうぜん》と目を奪われていた。

ウィリアムの公開した五枚。手に持ってすらいなかった手札。

ハートの7。ハートの8。ハートの9。ハートの10。ハートの11。

同じマークの連番。

それは『フルハウス』を超えた『フォーカード』を、更に一つ上回る役。

「…………」

暫《しばら》くの間、観衆は目前に突きつけられる現実を俄《にわ》かには受け入れられない様子だった。

「『ストレートフラッシュ』……?」

だが、誰かがその名を口にした瞬間、観測者たちは眼前の出来事を紛れもない事実とし

て認識する。

打って変わって、怒号にも似た歓声が弾けた。

逆転に次ぐ逆転。絶対に勝てない状況で勝つことを奇跡と呼ぶのなら、ウィリアムが成し遂げたこの偉業こそ、そう呼ぶに相応しい。

店の中に熱狂が渦巻く。微笑を浮かべて静かに座するウィリアムと、同じくその隣で黙って座るモラン。

二人の視線は、つい一分ほど前まで勝ち誇っていた男へと向けられていた。

ジョンソンはウィリアムの出した『ストレートフラッシュ』を見て愕然《がくぜん》としていたが、すぐに怒りに身体を震わせながら、机の横に立つ配り手の男の胸倉を掴んだ。

「――てめえ、どうしてこんなカードをこのボンボンに配りやがった!?　ぶっ殺されてえのか!」

「…………?」

ジョンソンの突発的な言動に、観客たちも困惑し、騒ぎが次第に沈静化していく。

勝者であるウィリアムに掴みかかるならともかく、どうして配り手の男の方に怒りを向けているのか。

彼らの疑問に答えるように、ウィリアムも椅子から立ち上がって口を開く。

「その若者を責めるのは止《や》めて頂けませんか。なにせ彼は僕の大事な仲間ですので」

「……何？」

ジョンソンが摑み掛かって怒鳴りつけた配り手が、ウィリアムの仲間。

衝撃の事実が連続するものの、謎は深まる一方の展開に、客たちは呆気《あっけ》に取られたまま動けずにいる。

すると配り手だった若者は胸倉を摑むジョンソンの手を静かに払い、そのまま店の入り口に向けて手招きをする。するとまた一人――彼と瓜二つの若者が、決まり悪そうに顔を覗《のぞ》かせた。

入り口から顔を出した若者を見た途端、ジョンソンとその仲間が顔面を蒼白《そうはく》にする。

「お、お前、まさか……」

このゲームに仕組まれたトリックの全容を理解しつつある彼らに向けて、ウィリアムは立ち上がりつつ酒場の全員に二人の素性を明かす。

「察しの良い方はもうお気付きのようですが――あそこにいらっしゃるのは、本来配り手を務める予定だった方。そして今のゲームで実際に配り手を務めたのは、彼に変装した僕の仲間です」

配り手になる予定だった男に変装していたのは――フレッド・ポーロック。

彼の素顔は『犯罪相談役《クライムコンサルタント》』の窓口として裏社会では有名なので、不要に正体は明かさぬようあえて変装は解かぬままフレッドはウィリアムの横に着いた。

「最初から……全部分かってたのか」

モラン、フレッド、ウィリアムの三人を順々に見ながらジョンソンが問うと、ウィリアムは頷いた。

「そうですね。だからこそあなたは見事に嵌められた訳ですし」

まんまとしてやられたことを自覚し、ジョンソンは大きく息を吐く。

「一体、どの段階で見破った？」

「最初からですよ」

「何？」

ウィリアムはモランを見て言った。

「だから、最初にあなたが僕の友人のイカサマを指摘した瞬間からです」

ウィリアムはその場に佇みながら、モランの名は伏せて説明を開始する。

「その時は僕の友人だけが手札を公開していて、他のプレーヤーはまだ役を見せていない状態だったと聞きました。そこで僕はこう予想しました。――もしかしたら、あなたも彼と同じカードを所持していたのではないか、と。彼のカードは前もって隠し持っていたものですが、不幸にもそれがあなたの手札と被ってしまった。故にあなたは僕の友人がイカサマをした事実に思い至ったのです」

「だが、それは俺自身がイカサマをした証拠には――」

「ならば、手札の被りを根拠に僕の友人を問い詰めるのが自然ではありませんか？　しかしあなたはそうせず、真っ先に彼の手元を探った。この行為から窺えるあなたの心情ですが――最初にあなたが手札の被りを明かしていた場合、逆に彼からもイカサマを訴えられる恐れがあります。手札が被ったという条件自体は対等ですからね。その結果、彼だけでなく自分の不正まで発覚してしまうという事態を避けたのではないでしょうか。故にあなたは自分の手札は明かさないまま、彼がカードを隠し持つであろう場所を探ったのです」

ウィリアムの心理分析は的中したらしく、ジョンソンは「う」と呻いて一歩退《ひ》いた。

そしてウィリアムは教壇に立つ教師のように、淀みなく解説を続ける。

「――以上の理由で、僕はあなたがイカサマをしている可能性が高いと判断しました。ならば次は、『どのような手口を使っているか』。これも話の中にヒントが隠されていました」

ウィリアムは歩いてモランの背後に回り、その屈強な肩にそっと手を置く。

「あなたは再戦を挑んだ際、『俺は一度やった相手とは二度やらない』と零《こぼ》したそうですね。これも単なる個人の流儀と断じればそれまでですが、穿《うが》った見方をすればその発言からは『あなたの手口は二度目はバレる危険がある』という意味も読み取れます。ならば複数回の使用が困難であるイカサマとは何か？　そろそろ皆さんもお分かりになられているでしょうが……このまま長々と喋《しゃべ》り続けるのも芸が無いですから、少しだけ横道に逸《そ》れてみましょう」

ウィリアムは一旦話を切って、フレッドからカードの束を受け取った。

「今から、イカサマの代表である手技をいくつかご紹介します」

言うと、彼はカードを普通に配るような動きで束の上から二番目と一番底のカードを抜き出し、机に放った。彼の滑らかな手つきに、観衆は息を呑んだ。

「これらはそれぞれ、『セカンド・ディール』、『ボトム・ディール』と呼ばれます。また、このようなものもあります」

カードの束を机に置く。だが空になったはずの手を見せると、手の平にまだ一枚のカードを残していた。

「手の平にカードを隠す『パーム』。……これらの技法は手品の類《たぐ》いですが、カードの配り手を務めた場合には非常に有効な手段です」

彼の聞き手を惹《ひ》きつける口上と手際の良さに、周りからも盛大な拍手が起こる。緊張感に満ちていた場がいきなり間の抜けた手品の見世物に変わってしまった様に、モランも思わず苦笑する。

確かに『戯れ』と言い切っただけはある。日々ロンドンという大都市をおどろおどろしい犯罪と死を以て演出する〝犯罪卿〟は、下町の居酒屋を盛り上げる事を寧ろ楽しんですらいるようだ。

喝采を浴びるウィリアムは周りに感謝を告げ、改めてジョンソンに向き直る。

「ですがこれはあくまで自分が配り手となった場合のみ有効なもの。それは賭けの場の空気次第ですし、幸運にも配り手となれたとして、続けてその役目を務めさせてもらえるかは甚だ疑問です。しかし、仮にそれを実現することが出来たなら？　例えば、公平を期す為などと言って無関係を装う仲間を配り手にしてしまえば、何も知らぬプレーヤーにとっては赤の他人ですから、以降のゲームもその方にカードの配布を任せる公算は高いのではないでしょうか」

「……あ」

何かに気が付いたように声を出したのは、例のカモ二人だった。

「そういえば、昨日もあんたがそう提案して店の外にいた若造を連れ込んだじゃねえか。よく見れば、丁度そこにいる野郎だ」

男たちが店の入り口から顔を覗かせている男を指差すと、「今頃気付いたのか……」とウィリアムら三人は心の中でツッコミを入れた。

とにかく男が勢いよく反応してくれたので、ウィリアムも有り難く利用する事にする。

「丁度、彼が解答を提示してくれました。このように、ジョンソンさんは皆が納得するような理由をこじつけて自分の仲間を配り手にしていたのです。二度使えない理由は、今のように顔を覚えられる危険があるから。これは今しがたお見せしたような技術を持つ人材はそう簡単に用意できるものではなく、配り手役はあの方一人に固定されてしまうというやむを得ぬ事情に由来します」

ウィリアムは入り口で縮こまっている若者に微笑むと、話の締め括りに入る。

「思い返せば今回も不審な点はありました。僕が現れた際、彼は運による勝負を所望しましたが、本当に運で決めたければ山札の上から順にカードを引き、出た数字の大小で勝ち負けを決めるという方がより運任せでシンプルです。ですが彼はあくまでポーカーに拘《こだわ》りました。そこには前日宣言したという言質もあったのでしょうが、何よりもカードが配られるという前提を作りたかったのではないでしょうか？　――補足は以上。これにて僕の話は終了です。ご清聴ありがとうございました」

ウィリアムは独演を終えると、優雅に一礼をする。

「…………」

すっかり若き貴族の独擅場《どくせんじょう》となった場で、疑惑の張本人はただ沈黙を貫いていた。

客の視線が彼に集中する。無数の眼差しの中には、今さっき彼が客に対して抱いた嫌悪や侮蔑といった負の感情が込められている。

突き刺さる敵意を一身に受けながら、ジョンソンは最初にウィリアムが連れてきた男を睨む。

「お前が俺のイカサマを逆に利用したってのは理解した。――ならばあいつは？」

言われて、ウィリアムは黙然と佇む青年を見る。

「彼は街で声をかけて連れてきた赤の他人です。あなたが素直に僕の提案を受け入れて彼を配り手にしていれば、真の意味での運勝負になったはずです」

「要するに、俺を試したってことか」

「『信じる者は救われる』。人の親切を疑った事があなたの敗因ですよ」

「……お前という男を見誤ったのは失敗だったな」

「それは違う。あなたが見誤ったのは彼の方だ」

ウィリアムは横にいるモランを示しながら、毅然《きぜん》とした声音で告げる。

「まず彼のイカサマを見抜いた点は見事だと思います。それにこの手口が今までバレなかったのも、ひとえにあなたの抜かり無い人間観察によるものです。無関係だからといって勝負に他人を交えるのは抵抗がある人もいるでしょうし、あなたの協力者であると見抜かれる危険性もゼロでは無いのですから。策を実行する相手の選別には苦労されたと思います」

このイカサマのもう一つの欠点を指摘され、ジョンソンは僅《わず》かに俯いた。

「ですが昨晩のあなたは致命的な過ちを犯した。あなたは僕の仲間を単なる卑怯者と侮り、欲をかいて再戦相手として名乗り出た上、あろう事か同じ手を使うという愚行を働いた。——気付きませんでしたか？　昨夜の時点で彼はあなたのイカサマの正体にはある程度目星を付けていたし、あなたを勝負の場に引き摺《ず》り出す為にあえて〝追い詰められて切羽詰まった男〟を演じたりもしたのですよ？」

それを聞いたジョンソンは愕然として、モランに視線を転じる。

これまで口を閉じていたモランは、特に勝ち誇る風でもなくウィリアムの言葉の後を継いだ。

「イカサマがこれまで上手《うま》く行き過ぎたせいで、お前には自然と相手を見下す癖がついてんだろうな。んな安い見識だから足を掬《すく》われるんだよ。——所詮お前は、ちと小狡《こずる》い知恵が働くだけの鼠《ねずみ》野郎ってこった」

「……！」

その台詞がスイッチとなった。格下だと思っていた男からの侮辱が、ジョンソンのプライドを傷付けたのだ。

彼は両目を血走らせながら、呪いの言葉でも口ずさむように言った。

「こっちが大人しくしてりゃ、偉そうに……」

そして後ろに目配せすると、柄の悪い手下たちが一斉に立ち上がる。彼らの威圧感に客たちも恐れをなして後退《あとずさ》りする。

殺気に怯んだ群衆で出来た輪の中で、ウィリアムら三人は平然としていた。

「おやおや、論破された末に暴力頼みとは、ぞっとしませんね」

「お上品に生きてきたあんたとは違って、こちとら汚い業務が日常茶飯事でな。力による脅しも立派な交渉手段だって事を教えてやるぜ」

ジョンソンらは懐からナイフを取り出し、或いは酒瓶を割って武器にして、憎きウィリアムたちに突きつける。

「やれやれ、折角楽しく盛り上がった夜だというのに……」

武力行使もやむ無しと判断したウィリアムが護身の為に身構えると、モランがすっと手を出してその動きを制する。

「──ここは俺に任せろ。これ以上お前らの手を煩《わずら》わせたくねえし、何よりこいつは俺が直に叩き潰してやらないと気がすまねえ」

自分にも落ち度はあったとはいえ、一度はしてやられた恨みを晴らさんと、凶悪に口の両端を吊り上げるモラン。彼の野獣めいた笑顔を見て、ウィリアムはフレッドと共に後ろへ下がる。

「分かった。君に一任するよ」

彼らの余裕綽々《しやくしやく》といった態度が、ジョンソンの神経を逆撫でする。

「一人で俺らの相手をするだあ⁉ 上等だ！ お望み通り袋叩きにしてぶっ殺してやる！」

頭目の激昂を合図に、暴徒と化した男たちがモランに襲いかかる。

対するモランは数的不利など臆する様子も見せずに、ポツリと零した。

「悪いが、手加減する気は無いぜ」

そして猛虎も逃げ出すほどの獰猛《どうもう》さを、モランは発揮するのだった。

「いや〜、ひと暴れしてスカッとしたぜ。やっぱ喧嘩は手っ取り早くて最高だな」

帰りの四輪馬車の中で、モランは気持ち良さそうに伸びをしながら大笑いした。

その機嫌の良さからも窺えるように、喧嘩はモランの勝利に終わった。たった一人で臨んだジョンソンたちとの戦闘の模様については、特に詳しい描写は必要ないだろう。己の内に溜《た》め込んだ怒りを爆発させたモランは、圧倒的な暴力を以てゴロツキたちを十把一絡げに叩きのめした。それはもう、いっそ清々《すがすが》しいくらいの完勝であった。

見事なやられっぷりを披露したジョンソンたちは、捨て台詞すら残せずにとほとぼと退散した。店の外にいた配り手役を務めるはずだった若者も、ゴロツキたちの敗戦を予期したのか喧嘩が始まる直前にはもう姿を消していたらしい。

衝突の巻き添えで店の中も滅茶苦茶になってしまったが、元より派手に盛り上がれば文句無しの観衆である。彼らは陽気に歓声を上げ口笛を吹き鳴らし、大立ち回りを演じたモランに盛大な拍手を送った。唯一人《ただ》、酒場の店主だけが甚大な被害に絶望していたが。

そうして鬱憤を晴らしたモランは、ウィリアムとフレッドと共に意気揚々と馬車へと乗り込んだのである。

「でも、やっぱり最後は力任せだった……」

標的を仕留めてすっかりご満悦のモランだが、同乗するフレッドは逆に呆れ返った表情を浮かべている。

昨晩、『大人の対応』と豪語していたのは何だったのか。

確かにジョンソンを嵌めるという目的自体は達成したが、その後の経過を見れば、昨夜に開き直って大暴れしていたとしても結果としては大差無かっただろう。

「しけた面してんじゃねえよ、フレッド。終わり良ければ全て良しだ」

「これがモランにとっては良い終わり方なんだ……」

うんざりした様子のフレッドの肩をモランがバンバンと叩いていると、ウィリアムが少し心配そうな顔をする。

「ただ、モランの処遇についてはうやむやに終わったけど……それでもあの店には暫く顔を出し辛くなるんじゃないかな」

だが事件の渦中にあったモランはというと、あっけらかんとしていた。

「ロンドンには居酒屋なんざ星の数ほどあるんだから、また別のとこに行きゃいいんだ。女が上等だった点が少し心残りだけどな」

「……モランも懲《こ》りないね」

剛毅な台詞に、ウィリアムもくすくすと笑みを零す。

すると黙って会話を聞いていたフレッドが、居酒屋でのウィリアムの様子についての感想を口にした。

「そういえば、今夜のウィリアムさんは楽しそうでしたね」

それにモランも同意する。

「だな。普段は裏方に徹してるだけに、あんな手技まで見せて景気良く演説する姿は珍しいぜ」

「…………」

両者から意外そうな口調で発せられた見解に、ウィリアムは視線を窓の外に向けて考え込む。そのまま一定の間隔で過ぎ去っていくガス灯の光を眺めながら、彼は答えた。

「今考えれば、少しばかり派手にやり過ぎた感は否めないね。……でも、あれくらいの演出があっても、今夜くらいは許されるんじゃないかな」

自分の行動を省みる言葉だったが、久々に羽を伸ばした解放感からなのか、その語り口はどこか陶然として耳に響く。

ウィリアムの言い分を聞いたモランは、その顔に少し意地悪そうな笑みを浮かべて問いかけた。

「……本当は喧嘩にも交ざりたかったんじゃねえか？」

ウィリアムは口元を静かに綻ばせる。

「いや、モランの暴れっぷりは見ているだけで爽快だったよ。仕事を離れてカードを楽しんだ――それで十分満足している」

事実、喧嘩の最中もウィリアムはその場から微動だにせず、モランの一方的制圧をフレッドと並んで見守っていた。仲間の勝利を確信しているが故の静観だったが、何も知らぬ者の目には、嵐のような乱闘の間近で悠々と佇む貴族の姿は相当異様に映ったに違いない。

とにかく、事の発端は自分の失敗にあったにせよ、結果的にはこうしてウィリアムの退屈凌ぎの一助となった事にモランは充実感を得る。

たまにはウィリアムを外に連れ出して遊ぶのも良いかもしれない。

そう考えたところで、モランはふとある事に気付いた。

「そういや、あの二〇〇ポンドはどうしたんだ？」

勝負の為に用意した大金の行方を問われたウィリアムは、手ぶらをアピールするように両手を開く。

「全額店に置いてきたよ。喧嘩で壊した分の修理費にでも充ててもらおうと思ってね」

「それは面目次第もねえな……」

流石にこの出費については、モランも責任を感じてガクリと肩を落とした。先程の充実した気分も急速に萎《しぼ》んでいき、自分の粗暴さに対する嫌悪感まで生じてくる。

するとウィリアムは手をポンと叩いた。

「そうだ、モラン。二〇〇ポンドもの損失の埋め合わせがしたいというのなら、ルイスの手伝いでもしたらどうだい？」

「――ちょっと待て」

モランは戦慄《せんりつ》して丸まりかけていた背をピンと伸ばした。サラリと告げられた意見だったが、彼にとっては重大事だったらしい。

「それだけは勘弁してくれ。だったらまだ謹慎処分でも食らった方がマシだ」

「なら、謹慎している期間は屋敷の雑用をする、というのはどうかな？」

ウィリアムが涼しげな顔で対応すると、モランは狼狽《ろうばい》しながらも必死に食い下がる。

「どっちも同じ意味じゃねーか！　本当に勘弁してくれって！　あいつが俺にどんだけキツイ雑用を課すか知ってるだろ!?　ウィリアムもさっき『人を裁くな』って言ってたじゃねえか！」

「裁くだなんて大袈裟《おおげさ》な。僕はモランが珍しく反省しているようだから、その後ろめたい気分を解消する方法を提示しただけだよ」

「それにしては何だか悪意のような感情が見え隠れしてるんだが……俺、何かお前を怒らせるような真似でもしたか？」

日頃ルイスから命じられた雑事をサボっていたりなど、心当たりが無いでも無いモランは恐る恐る尋ねた。

だがウィリアムは至って変わらぬ微笑を返し続ける。

「いいや、こうして夜遊びに出掛ける機会を与えてくれたモランには感謝してるくらいだ。その証拠に、僕は今とても楽しいよ」

「た……楽しい……？」

ウィリアムは本心からその言葉を口にしていると、長年の付き合いであるモランは瞬時に理解する。そして彼が少なくとも今夜一杯は自分をからかい尽くすであろう事に、血の気が引く思いであった。

「そういえばフレッド、昨日モランが『如何にして人は大人になっていくか』について熱弁してくれてね。折角だから後で拝聴しないか？」

「それは忘れろって言ったじゃねーか……」

ウィリアムが愉快そうに提案すると、黒い歴史を暴露されたモランが頭を掻き毟る。

彼らのやり取りを傍観していたフレッドだったが、モランをいじり倒せる滅多に無い機会に便乗する事にしたようだ。

「そうですね。屋敷に帰ったらみんなで聞きましょう」

「フレッド、てめえまで……！」

弟分の裏切りにモランは歯噛みしたが、柔和な笑顔を向けるウィリアムを見て全ての抵抗は無意味であると悟るのだった。

——こうして一夜の戯れを満喫した〝犯罪卿〟を乗せ、馬車は王都の街路をひた走る。

ガス灯の光が街に蔓延《はびこ》る闇を一掃するには、まだ長い時を必要としていた。

MORIARTY THE PATRIOT

2
ルイスとアクアリウム

アクアリウム。

簡潔に説明すれば、水槽で水生生物や水草を育てたりして楽しむ室内娯楽である。

一九世紀の英国はアクアリウムの技術が急速に発展した事でも知られているが、当時は現代のように設備も充実しておらず、水槽管理は必ずしも容易ではなかった。

そして、ここにもアクアリウムの難しさに苦悩する人物が一人。

屋敷の広間に二〇以上も並べられた小型水槽。その中の一つに、その男はじっと視線を注ぎながら身動き一つせずに立ち尽くしている。

容姿は若く端麗。金髪の下に覗《のぞ》く右頰の火傷《やけど》が痛ましいが、シンプルなデザインの眼鏡《めがね》と彼自身が持つ空気は理知的な印象を見る者に与える。

しかし今、彼の表情には生まれ持った聡明《そうめい》な雰囲気も台無しなくらいの深い疲労が滲《にじ》み出ていた。

彼の視線の先で泳ぐ魚の動きは弱々しく、ヒレも折りたたまれている。ただ水の中を漂っているだけという泳ぎ方で、ふとした拍子に水槽の底に横たわってしまいそうだった。

この時点で、出来る事は全てやり尽くした。

後はただ、奇跡を信じて祈るのみ――。

「どうか助かってください……」

ウィリアムの実弟、ルイス・ジェームズ・モリアーティは、切なる思いを込めてそう口走った。


話は一〇日ほど前に遡る。

「庭の手入れお疲れ様です、フレッド。今日はその辺で大丈夫ですよ」

「はい」

屋敷での庭師の仕事を終え、今夜も『犯罪相談役《クライムコンサルタント》』の窓口として街に出掛けるフレッドを見送ると、ルイスは彼が手入れした花をじっくりと観賞する。

「これなら兄様たちも喜びそうだ」

ふと、そんな事を独りごちる。

ウィリアムに対し絶対の服従を見せる彼にとっては、基本的に個人的な感想よりも兄の価値基準が優先される。

フレッドが丹念に世話をした花壇を一通り眺めてからルイスが温室を出ると、そこに敬愛する兄が立っていた。

「どうしました、兄さん？」

「ルイス、一つ頼みがあるんだけど」

「分かりました。兄さんの頼みとあらば」

ルイスが間髪容《い》れず了解すると、ウィリアムは嬉《うれ》しそうに頷《うなず》いた。

「いつもありがとう、ルイス。ここだと風が冷たいから、屋敷で話すよ」

二人は居間に移動して、机を挟んで向かい合う形でソファに座る。ウィリアムはルイスが淹《い》れたダージリンティーを一口すすると、一枚の写真を取り出した。

写真に写っている人物は三〇代と思《おぼ》しき男。亜麻色の髪で顎《あご》が尖《とが》っており、頬には健康的に肉がついているものの、疑い深そうな目つきが男への近寄りがたさを写真越しにも表している。

「――この方は？」

「名はジャック・ステープルトン。由緒正しき貴族の家系で莫大《ばくだい》な資産と領地を有していて、業界では有名な博物学者でもある。過去には新種の蛾《が》を見つけて学会に発表した事もあるらしい」

ウィリアムは彼の華々しい経歴を述べていくが、その語りの裏に隠された真意をルイスも理解していた。

「この男が、今度の標的なんですね？」

しかしウィリアムは否定こそしないものの、やや難しそうな顔になる。

「正確には『標的候補』と言ったところかな」

「候補、ですか？」

「うん。彼には調査目的で訪れた地で密《ひそ》かに違法な人身売買を行っている疑いがあるんだけど、まだ判断が付かない状態なんだ」

ウィリアムたちが依頼を受けた際、万が一にも無実の人を裁いてしまうという事が無いように、対象人物の調査は厳密に行われる。現在ウィリアムは『ＭＩ６』の情報網を使ってステープルトンが断罪に値するかどうかの判断材料を集めている最中らしい。

「仮にこの男がクロだとして、ＭＩ６の調査力を以《もっ》てしても尻尾を摑《つか》ませないとは、それなりに保身の術《すべ》に長《た》けているようですね」

「そうだね。でもこのまま調査が長引くのも避けたい。だから僕が直接彼と接触して真偽を見極めようと思う。その為《ため》に、少し手間と費用がかかるけど確実と思われる手段を用意したんだ」

「それはどのような？」

ルイスが聞くと、ウィリアムが写真を手に取ってそこに写る男の顔を見つめる。

「彼はかなりの人嫌いとして知られていて、滅多な事では他人と顔を合わせないから、たった一度の面会すら容易ではないらしい。でも博物学者らしく、動植物関係には異常な関心を示すようだ。だからその好奇心を利用する」

するとウィリアムは写真を元の場所に置いて、ルイスと目を合わせた。

「——さて、前置きが長くなってしまったけど、その『手段』についてルイスに折り入って頼みがあるんだ」

「何でもお申し付け下さい」

まだ詳細を明かしていないのに迷いなく返ってきた答えに、ウィリアムも頼もしさを覚えながら話す。

「頼み事というのは、ステープルトンの興味を引く為に海外で採集した魚を用意したんだけど、その魚の管理を暫《しばら》くルイスに任せたいんだ」

そこでルイスは軽く首を傾《かし》げた。

「魚ですか？　先程蛾を発見したという話から、ステープルトンの専門はてっきり昆虫関連かと思いましたが」

「どうやら熱しやすく冷めやすい性格らしくてね。一つの分野にのめり込んだと思うと、すぐに飽きて別の分野に飛びつく傾向があるらしい」

「すると現在彼が関心を寄せているのが魚類なんですね」

「特に熱帯地域の淡水魚にね。なのでそれを今度この屋敷に運び込んで、ステープルトンがその魚たちに関心を示し、見たがるか欲しがるかして接触が叶《かな》うまでの期間飼育する事になる」

そこまで説明を受けて、ようやくルイスは自分が指名された理由に思い至る。

ウィリアムには数学教授としての仕事があるし、アルバートはユニバーサル貿易社で働いている。フレッドやモランも仕事の都合で外出する機会が多い。機密保持の関係上、部外者を屋敷で働かせるのも不可。必然的に常時屋敷にいるルイスしか一日中魚の面倒を見られる者がいないのだ。

些《いささ》か消去法的な人選ではあるが、普段はウィリアムの計画に参加する機会に乏しいルイスにしてみれば、『自分にしか出来ない』という条件は彼のモチベーションを高める結果となった。

兄の役に立てることを実感し密かに気分を高揚させながらも、ルイスは気になった点を挙げる。

「海外の魚となると、飼育法もまだ確立されていませんね」

「一応、飼育途中で魚を死なせてしまっても、ある程度の補充は可能だよ。水槽用の設備は既にヘルダーに開発を依頼してある。他の資材もルイスが必要と判断した分だけ用意させるつもりだ。……僕から伝える用件は以上だけど、他にも何か質問はあるかな？」

人身売買の有無を調べる為の大事な手順とはいえ、相当に手の込んだ計画と言える。

だがルイスは疑問など欠片《かけら》も感じさせない真っ直《す》ぐな声で応じた。

「大丈夫です。必ずや兄さんの期待に応えてみせます」

弟の返事に、ウィリアムも満足そうに微笑《ほほえ》む。それを見たルイスもまた上品に口元を綻ばせる。

こうしてルイスは、アクアリウムに挑戦する事となった。

それから二日後。普段使用していない広間がすっかり様変わりしたのを見て、フレッドは呆然《ぼうぜん》としていた。

「凄《すご》い……」

そこには幅五メートルはある大型の水槽が三つ設置され、中には水草と二、三〇匹ほどの魚が入れられている。色彩豊かで個性的な外見の魚たちは時に優雅に、時に力強く水中を泳ぐ姿を見せつける。

「どうですか、フレッド」

圧倒的なアクアリウムの美しさに感嘆しているフレッドへルイスが近付いて話しかける。

するとフレッドは水槽に目を奪われながら感想を述べた。

「こんな綺麗《きれい》な魚、初めて見ました。全て海外の魚ですか？」

「ええ。東南アジア、アフリカ、南米の三箇所で採れた魚たちを特別なルートから手配して取り寄せたそうです。こちらの水質が合うか心配だったので、水も現地の川や池から直接輸送しました」

「スケールが違いますね……」

水槽を満たす水も全て現地調達という徹底ぶりに、フレッドはまたも愕然《がくぜん》とする。

「今後もヘルダーさんの作った機材が搬入される予定ですが、現時点ではこれで様子を見ていくしかありません。……おや？」

話の途中でルイスが異変に気付き、水槽に顔を近付ける。

彼の視線の先で、小さなフグが他の魚のヒレに噛《か》み付いていた。すると他の水槽でも、魚同士が小競り合いを起こす場面が噴出した。

色鮮やかな魚たちには似つかわしくない暴力的な行動に、フレッドが怪訝《けげん》な顔をした。

「魚同士の相性があるみたいですね」

「ええ。単純に産地別で区分けするだけでは配慮が足りないようです」

対応を迫られたルイスは少し躊躇《ためら》ってから、水槽に手をゆっくりと入れ、極力優しい手つきで喧嘩《けんか》を始めた魚たちを引き離す。一旦は争いが収まったのを確認してから、ルイスは溜息《ためいき》を吐《つ》いた。

それを見たフレッドが不安げに言う。

「最初からこの調子だと苦労しそうですね。ルイスさん」

「しかし、やらねばなりません。――兄さんの計画の為に」

決意が込められた言葉に、フレッドはルイスの兄への想《おも》いの強さを今一度感じ取った。


魚たちの入居から二日が経《た》つと、また広間の様相が変化していた。

窓のカーテンが閉め切られて部屋の中は薄暗い。大型水槽は撤去され、代わりに小型の水槽が二〇個近く並んでいる。水槽の一つ一つには飼育を補助する為の最先端機器が取り付けられている。

飼育担当のルイスはその間を静かに歩きながら、魚の様子を一匹一匹綿密にチェックしていた。

「よう、ルイス。調子はどうだ?」

一通りチェックを終えたところで、モランとフレッドが広間に入ってきた。

ルイスは魚の具合を記したメモを見ながら事務的に述べる。

「今のところ問題はありません。ようやく個々の性質が分かってきたので、今後はより順調に育てていけそうです」

「そりゃ良かった。しかしここも賑《にぎ》やかになったもんだな」

室内を見渡すモランの横で、フレッドは興味深そうに水槽上部に取り付けられた装置を見つめている。

「この機械も飼育に必要なんですか？」

「ええ、濾過《ろか》フィルターと言って、水質をより良くする働きがあります」

フレッドに問われ、ルイスは簡単にその機能を説明した。万全を期したいルイスは研究を怠らず、ヘルダーに詳細な報告を入れて様々な機器を揃《そろ》えていた。

このようなアクアリウムの機械化を成し遂げた技術力は確実に時代の数歩先を歩んでいるが、その革新的技術を熱帯魚の飼育目的だけに費やすというのも贅沢《ぜいたく》な使い途《みち》ではある。

しかしモランは稼働する機器を見て訝《いぶか》しげな顔をする。

「しかし今まで自然の中で過ごしてきた奴らを、ずっと部屋に閉じ込めんのは気の毒に思うけどな。たまには外の広い池で泳がせたりしてやれねえのか？」

しかしモランの提案をルイスはやんわりと却下する。

「気持ちは分かりますが、水への適応等の問題も考えてそういった事は控えています」

「じゃあ、せめて水槽ごと外に出して日光浴でもさせてやるとか」

「それも出来ません。水槽に直接太陽光を当てたりすると、コケの発生や水温の上昇といった問題が起こってしまうんです。なので昼夜の違いは照明の光で作り出しています」

「『人工太陽』か。産業発展さまさまだな」

モランの風刺の入った呟《つぶや》きを聞いて、ルイスは水槽に取り付けられた照明を見る。

「この白熱電球など、電気を動力源とする技術はまだ一般的には普及していませんからね。ヘルダーさんの技術は末恐ろしいものを感じさせます」

二人が雑談に興じている間、フレッドは顔を輝かせながら水槽の魚たちを見物している。すると、そこで広間の扉が開かれた。

一定のリズムを刻む靴音と共に入ってきたのはウィリアムである。

「兄さん」

ルイスはモランとの話を切り上げ、兄へ向き直る。

「仕事の具合は如何《いかが》ですか？」

「順調だよ。僕たちが熱帯魚を飼育している情報をステープルトンに伝えれば、彼も興味を示すだろう」

「それは良かった。彼との接触が無事成功することを祈っています」

「ありがとう。それに魚たちも元気そうで何よりだ。やっぱりルイ人に飼育を任せて正解だったよ」

「これも兄さんやヘルダーさんのご協力のおかげです」

ウィリアムに魚の育成を褒められ、ルイスは謙虚な台詞《せりふ》を言いつつも胸を張った。

兄弟の仲睦《なかむつ》まじい様子を年長のモランは微笑ましそうに眺めていたが、水槽に目をやるとふと些《さ》細《さい》な疑問を抱いた。

「そういえば、この魚はステープルトンとかいう奴と会う為に飼ってるんだよな？　ならその目的を達成したら、魚たちはどうすんだ？」

その質問にルイスは少し首を傾げて考え込む。

「さあ……ステープルトンの人間性について知る限り、十中八九、彼は熱帯魚を欲しがるでしょうから、そうなればこのまま全て引き渡す事になるでしょうね」

真顔で返された答えに、モランは驚愕する。

「マジかよ。この水槽の一つくらいは屋敷に置いとこう、とか考えねえのか？」

「いいえ、全く。この魚は全て兄さんの計画を遂行する為に集められた一手段に過ぎませんし、僕の中でそれ以上の感情を持つという事はありません」

「そ、そうか……」

モランやルイスは自分たちがウィリアムと志を同じくする仲間であると同時に駒の一つである事を自覚しており、彼が死を命じればいつでも命を捨てる覚悟がある。

この熱帯魚についても所詮道具でしかないという認識をこの場の全員が共有しているが、それにしても淡泊なルイスの思考に年上のモランも呆《あき》れ返ってしまう。

彼らが会話をする横で、ウィリアムは魚たちを見遣《みや》った。

「でも本当に健やかそうに泳ぎ回っているね。例えばこのプンティウス・ロンボオケラートゥスなんか色も鮮やかだ」

「ああ、確かそんな名前だったっけ？　よく噛まずに言えるな」

ウィリアムが口にしたのは熱帯魚の名前だ。ルイスが面倒を見られなくなった場合に備えてモランとフレッドも一応覚えてはいるが、どこか堅苦しい感じがあるので、モランはあまりその名前で呼んではいない。

魚の姿を眺めて満足そうにする兄に、弟は嬉々《きき》とした笑顔で言う。

「兄さんの審美眼は素晴らしいです。他にもこのミクロゲオファーグス・ラミレジィもオススメですよ」

「うん。綺麗な青色だ。でもこっちのネオランプロローグス・ブリシャールディも個人的には好みだね」

「なるほど。ならば同じアフリカのジュリドクロミス・トランスクリプトゥスやペルヴィカクロミス・タエニアートゥスはどうでしょう」

「……お前ら、仲が良いのは結構だけどな。そろそろその辺にしとかねえか？」

モランが兄弟の会話に目元をヒクつかせる。

だが彼の困惑を無視して、兄弟の専門用語満載の語らいは続く。

「でも実用的な面で言えば、コリアドス・パレアトゥスも餌《えさ》の食べ残しを掃除してくれるので好ましいです。逆にダディブルジョリィ・ハチェットバルブは蓋《ふた》をしないと飛び出してしまうし、ボララス・ウロフタルモイデスも混泳させる魚には苦労させられました」

「利便性で言うなら、コケを食べるサイアミーズ・フライングフォックスもルイス好みじゃないかい？」

「ふふ、やはり兄さんは何でもお見通しですね。おや、見て下さい。ナノストムス・ベックフォルディがフィンスプレッドをしています」

「――ストップ！　ストーップ！　もうその会話禁止だ！」

我慢の限界を迎えたモランが二人の間に割って入る。

だが会話を中断されたルイスは、きょとんとしていた。

「どうしたんですか、モランさん？　折角今からトリプルレッドのアピストグラマ・カカトゥオイデスを兄さんに見てもらおうと思ったのに」

「お前らだけで夢中になって、完全に俺たちが置いてけぼりを食らってんだよ！　それにどうしていちいちその面倒臭い名前で呼ぶんだ!?　大学の講義じゃねえんだぞ！」

兄と二人きりの世界に浸っていたルイスに向けてモランが叫ぶ。

その横ではフレッドが魚を一匹一匹指差しながら、二人の会話に出てきた名前を呟いていた。ちゃんと自分が魚の名前を覚えているか確認しているのだ。

ルイスは小首を傾げながら言った。

「面倒と言われましても……兄様たちは一発で記憶しましたよ」

「う、嘘《うそ》だろ？」

衝撃の事実に、モランの顔から血の気が引いていく。

「格の違いを感じる……」

フレッドも手を止めて、愕然とした様子で言った。

モランは元々貴族出身でオックスフォード大学を出ているし、フレッドも一定水準以上の頭脳を持ち合わせている。だがこのややこしい名前をたったの一度で記憶してみせたというモリアーティ三兄弟の知能には、二人共驚きを隠せなかった。

「てか、もっと気軽に呼べる渾名《あだな》でも付けりゃいいじゃねえか」

モランの提案に、ルイスはふむと顎に手を添える。

「渾名ですか……僕はこのままでも支障は無いんですが、簡単な名前を付けるというのは良い案かもしれないですね」

「だろ？　ここに来る度に呪文みたいな言葉を聞かされるのはたまったもんじゃねえしな」

「ならば実践してみましょう。ですが余りにもセンスに欠けるようなものは却下ですからね」

するとモランは周囲を見回し、グッピーの群れが泳ぐ水槽に目を留めた。

「そうだな……例えばこの魚は〝フレッド〟なんてどうだ？」

ルイスは驚いて、眼鏡の奥の目を少しだけ大きくした。

「僕たちの名前を付けるんですか？」

「別にいいだろ。グッピーさんとか呼ぶよか全然マシだ」

「その名前も安直だと思いますが――それにしても何故《なぜ》、グッピーがフレッドなんです？」

「小柄だし機敏に動きそうだろ？」

「そんな単純な理由……？」

楽しげに命名の由来を説明するモランに、フレッドは怪訝な反応を示す。

多少無理があるように見える理屈には、成り行きを見守っていたウィリアムも困り顔でフォローを入れる。

「フレッドは変装技術に長けているんだし、名前を付けるならリーフフィッシュみたいな擬態する魚にしてあげるべきじゃないかな？　それにグッピーていう名前自体がとてもシンプルだから、特に名前を与える必要も無いと思うけど」

「いいじゃねえか。こういうのは直感でやるのが一番だろ。とにかく、グッピーは〝フレッド〟で決定だ」

今回に限っては、モランはウィリアムの言葉に聞く耳を持とうとしない。

熱帯魚を前にやや暴走気味な彼は、また一つの水槽を興味深く眺める。

「お、あいつはたった一匹で水槽を独占してやがるな。孤高って感じがしていい。こいつは〝モラン〟にするぜ」

モランが自分の名前を付けたのは、飼育初日に他の魚に乱暴したので別の水槽に一匹だけ離した、小型のフグだった。

「ああ、その魚は……」

ルイスはフグが一匹でいる理由を説明したいが、モランの機嫌が良いところに水を差してしまいそうなので話すのを躊躇ってしまう。

そんなルイスの躊躇《ちゅうちょ》を、モランは別の意味に捉えたらしい。

「おいおい、もしかしてお前もこいつが良かったのか？　悪いが、俺が貰《もら》うぞ。命名の権利は早いもん勝ちだ」

「そ、そうですか。モランさんが良いのならそれで……」

モランが心底楽しそうにしているので、結局ルイスはフグに関する真相は伏せておこうと決めて沈黙を貫いた。

ルイスと同じく飼育初日にフグが仕出かした事を目撃していたフレッドも、何も知らぬモランの様子に少し胸の痛みを覚えながらも、そっと目を逸《そ》らした。

すると、彼の視界にある水槽の魚の姿が映った。

「これ、まるでウィリアムさんたちみたいです」

「え？」

ウィリアムとルイスが興味を惹《ひ》かれてフレッドの視線を追う。

そこで舞うような泳ぎを見せているのは、アクアリウムの王道的存在とも言える、どこか神々しい雰囲気の美麗な熱帯魚。

「――エンゼルフィッシュ、ですか」

フレッドが見ている水槽では、銀に輝く鱗《うろこ》と縦の黒いラインが入った三匹のエンゼルフィッシュが寄り添う形で遊泳している。その親密な様子は固い絆《きずな》で結ばれたモリアーティ家の三兄弟を彷彿《ほうふつ》とさせた。

天使を意味する名を耳にしたウィリアムがつい自嘲的な笑いを零《こぼ》す。

「僕たちには最も遠い名称だと思うけどね」

「いいや。ある意味お前らは天使さ。黙示録にラッパを吹き鳴らす方だけどな」

皮肉な言い回しに、ウィリアムはまた「ふふ」と意味深な笑い声を漏らす。

そんな二人の横で、ルイスは見慣れたはずの魚をどこかぼんやりとした面持ちで観賞している。

「ですがフレッドの言うように、この流麗な容姿は兄様たちには相応《ふさわ》しいと思います」

「謙遜することはない。ルイスの精神もこの魚に負けず劣らず高潔だよ」

「あ、ありがとうございます。兄さん」

ルイスが照れ臭そうに礼を言う。そしてモランは結束した三匹を見てうんうんと頷いた。

「だったらこいつらの名前は、前から順に、〝ウィリアム〟、〝アルバート〟、〝ルイス〟で決定だな」

「少し照れ臭いね……」

ウィリアムが恥ずかしげに微笑むと、モランは水槽から離れて言った。

「ルイスもフレッドも賛成してんだからいいじゃねえか。んじゃ、俺はそろそろ行くぜ」

「あれ、他の魚は？」

用は済んだとばかりに部屋を後にしようとするモランにフレッドが声をかけると、モランはバリバリと頭を掻《か》いて答えた。

「よく考えたら、魚が多過ぎてキリがねえ。取り敢《あ》えず俺たち五人の分だけ付けりたからいいだろ」

「ええ……」

モランの奔放過ぎる態度に、フレッドは言葉を失ってしまう。

「…………」

普段ならばこのタイミングでモランに雑用を申し付けるルイスであったが、今の彼はまだエンゼルフィッシュの水槽に気を取られていた。

魚に与えた三兄弟の名前が、ルイスの心に小さな波紋を起こした事に、本人もまだ気が付いていない。

それから三日後。魚たちの飼育開始から七日が経った日の昼時。

「おう、魚たちの調子はどうだ？」

モランが楽しそうに広間にやってきた。

命名の件に関しては中途半端に終わってしまったものの、あれ以来モランはすっかり熱帯魚観賞にはまり、時間に空きが出来る度に広間へと足繁《あししげ》く通うようになっていた。勿論《もちろん》それはフレッドにしても同様であり、彼も頻繁にここを訪れては、ルイスに許可を貰って魚に餌をあげたりするなどして楽しんでいる。

モランは部屋に踏み入るや否や、入り口近くに置いてあるグッピーの水槽へ顔を近付けて快活な笑顔を見せる。

「よお、〝フレッド〟。相変わらず元気そうだな」

グッピーは単独でなく群れで飼育されており、モランは一番最初に〝フレッド〟と名付けた個体がどれなのか既に判別不能なので、群れ全体を称してそう呼んでいた。

〝フレッド〟に挨拶を終えたモランは、続いてフグの水槽の前へと移動する。

「お前も調子良さそうで何よりだ。水槽を丸々一つ占有して泳ぎ回るなんて、さぞ気持ちいいだろうな」

自分の名前を付けたからなのか、モランはやけに親しげにフグに語りかける。

「他の奴らと比べりゃ、孤独で寂しそうだなんて思われそうだがな。その生き様、俺は嫌いじゃない。……何故なら、俺も以前は似た様な生き方をしていたからな」

するとモランはそっと目を伏せて、自分の過去に想いを馳《は》せる。

「俺は戦死扱いとなった後、俺をそんな目に遭わせた奴への復讐《ふくしゅう》を果たすべくロンドンの闇の中で生きていた。たった一人で、だ」

唐突に昔話を聞かされて、フグもどこかポカンとしている様子だ。

だがモランはそんなフグの反応など構わずに、熱のこもった口調で語り続ける。

「あの頃の俺は、ずっと一人で生きていくしかないと覚悟していた。だが、そんな時に俺はウィリアムに出会った。こんな言い方は月並みだけどな、本当に信頼できる仲間ってのを見つけたのさ」

モランはそこで水槽にぐいと顔を近付ける。

「俺が何を言いたいかというとだな……お前も今は孤独に生きていても、いつかきっと心から信じ合える仲間と出会えるって事だ。だから一人でいるからって、腐ってんじゃねえぞ。確固たる意志を持って生きていれば必ず――」

と、そこでモランの一人語りが止まる。顔を近付けた水槽のガラスに、二人の人物の姿が映り込んでいたからだ。

嫌な予感がしたモランは口を閉じて、静かに後ろを振り向く。

そこには、ルイスとアルバートが姿勢よく佇《たたず》んでいた。

「……お前ら、いつからそこにいた？」

モランが恐る恐る問いかけると、ルイスが気まずそうに一つ咳払《せきばら》いをして言う。

「その……すみませんが、モランさんがその水槽の前に移動した時からずっと……」

そしてルイスの横のアルバートは、困惑したような笑みを浮かべる。

「何と言うべきか……熱帯魚相手にも気さくに話しかけるとは、モラン大佐のコミュニケーション能力の高さは驚嘆すべきものがあるな」

「マジか……」

二人の言葉を受けて、モランは頭を抱えた。魚相手に本気の演説をするという、もの凄く恥ずかしい瞬間を目撃され、高揚していた気分が一気にどん底に落ちていく。

「卑怯《ひきょう》だぞ、お前ら。俺を笑い物にする為にあえて声をかけなかったな」

「いえ、この場合、モランさんが自爆した形かと……」

「それもそうか……お前は基本的にこの部屋には入り浸ってる訳だしな。そんな単純な事に気が回らないとは、これが熱帯魚の魔力か」

「いや……ええ、はい。モランさんが言うのなら、きっとそうなのでしょう……」

実際、モランらしからぬ失敗を犯させたのだから、魔力という表現もあながち間違ってはいないのかもしれない。ルイスは彼の心境も考慮した上で納得の意を示した。

するとアルバートが酷《ひど》く優しい声音で提案した。

「大佐。疲れているのなら、暫く任務を休ませるようウィリアムに相談するが」

「本気で労《いたわ》らないでくれよ……」

いつものちょっかいをかけるような口調ではなく、純粋な親切心を以て接してくるアルバートに、モランが蚊の鳴く様な声を返す。

「……まあ、見られちまったもんはしょうがねえ」

正直、一晩は寝込みたくなる程の精神的ダメージだったが、モランはどうにか気を取り直して、熱帯魚観賞を再開する。

水槽を眺める彼を見ながら他の二人が深刻そうな顔でぼそぼそと耳打ちし合っているが、モランは耳を赤く染めながらも一切気付かないフリを通す。

すると彼は、室内を歩きながらある事に気付く。

「よく見てみると、魚の待遇に随分差があるんじゃねえのか？」

その意見に、モランを気遣っていたルイスは心外といった反応をした。

「何を言っているんですか。僕は努めて平等な管理を心がけていますよ」

「じゃあ、アレは何だよ」

モランはくいと顎を動かして、とある水槽を示す。

それは先日の命名の際、最後に取り上げられた魚たち。つまりモリアーティ兄弟の名を冠したエンゼルフィッシュである。

ルイスは僅《わず》かに首を捻《ひね》った。

「あの魚がどうかしましたか？」

「どうにもこうにも、心なしか他より豪華じゃねえか？」

モランが半眼で指摘したように、他の水槽は単に魚を育てるだけの用途といった簡素なデザインなのに対し、エンゼルフィッシュの水槽は多様な水草が植えられ、照明も見栄えがよくなるよう光度を調整されてやたら凝ったレイアウトとなっている。

「おや、あの鮮やかな赤色は前にルイスから教えてもらった、アルテルナンテラ・レインキーじゃないか？」

「他にもエキノドルス・テネルスも植えてありますよ」

「そのパターンはもういいっつってんだろ！」

専門用語が飛び交うアルバートとルイスの会話を即刻中止させる。すぐに自分たちの世界に入ってしまう兄弟のやり取りに、モランは辟易《へきえき》していた。

「とにかく、そんな豪華な草は他の水槽には植えられてねえじゃねえか」

「考えすぎじゃないですか？　つい最近新しい水草が手に入ったので、適当な水槽に入れてみただけですよ」

「どうだかな。大方、尊敬する兄貴たちの名前が付いちまったもんだから、感情移入しちまってんだろ？　現に少し前からそういう節はあったしな」

実は今回だけに限らず、兄弟の名が付けられて以降、ルイスが妙にエンゼルフィッシュに入れ込んでいるという感覚をモランは持っていた。

だがそんな指摘に、ルイスがややむっとした表情になる。

「流石《さすが》にモランさんでも、今のは聞き捨てなりませんね。僕にとってこの魚は兄さんの策を遂行する手段でしかなく、特別な感情を抱く事などありません」

反論するルイスの声音には課せられた業務に徹する厳格さが宿っていたが、対するモランはまるで意に介さない。

「言葉でどう言い訳しようが、現状がそれを物語ってんだろ。別に俺も贔屓《ひいき》を責めてる訳じゃねえよ。ウィリアムとアルバートの名前が付いたから、少しだけ優遇する。普通の心理だと思うぜ？」

この意見には、先程まで彼を心配していたアルバートも同意を示す。

「大佐の言う事ももっともだ。計画では魚を生きた形でステープルトンに提供さえ出来ればいいのだから、飼育の仕方については弊害が出ない範囲内でルイスが自由にしていいんじゃないか？」

「………」

生き物とはいえ、自分が道具に余計な情を抱いている事など無いと真っ向から否定したい。しかし長兄に諭されると、ルイスも黙り込む他なかった。

「とにかく、ウィリアムが標的と接触する日も近い。ルイスもこの調子で仕事に励んでくれ」

労《ねぎら》いの言葉をかけると、アルバートは部屋を後にする。

「ま、基本的には全滅させさえしなきゃいいんだからよ。適度な範囲で楽しむ分には構わないんじゃねえか」

そう気楽に言ったモランも一通り熱帯魚の水槽を見て回った後、広間を出て行く。だが部屋から一歩踏み出した時、モランはルイスの方をちらりと見た。

その真面目そうな顔つきに、彼はふと小さな胸騒ぎを覚えた。

次の日の朝。

昨日の件でルイスがどういう行動を取るか気になったモランは、暇そうにしていたフレッドを連れて広間に向かった。フレッドは夜遅くまで働いていたのか、しきりに欠伸《あくび》を漏らしながらしょぼついた目元を擦《こす》っている。

しかしモランが広間の扉を開けた瞬間、衝撃的な光景にフレッドの眠気は瞬時に吹き飛んだ。

「これって……」

「何じゃこりゃあ！」

唖然《あぜん》とするフレッドの横で、モランが驚愕する。

飼育用の広間の一角が――密林と化していた。

例のエンゼルフィッシュの水槽が置かれた場所を中心として、巨大な鉢に植えられた南米風の樹木が大量に設置されているのだ。部屋に入った二人は、心なしか昨日より部屋の湿度が上昇しているのではないかという感覚に襲われる。

モランの大声を聞きつけ、蔦《つた》の絡まる木の陰からルイスがひょこっと顔を出した。

「朝から仰々しいですよ、モランさん。魚のストレスになるので大声で叫ぶのは控えて頂きたいのですが、一体どうしたというんです？」

「それはこっちの台詞だ！　お前あれから何しやがった!?」

ルイスの眼鏡がキラリと光った。

「兄さ……いや熱帯魚により住み良い環境を追求する為に、南米の熱帯雨林を再現したまでです。先日発注した品が昨晩届いて、先程配置が完了したところです」

どうやら彼にとっては豪勢な水草など序の口に過ぎなかったらしい。それにしても、たった一晩でここまでの進歩を遂げるのは完全にモランにとっては想定外であった。

ツッコミどころがありすぎてどこから訴えればいいのか分からない状況だが、モランは勢いのままに問題点を挙げる。

「まず『兄様たち』ってはっきり言いかけたし、軽く『南米を再現』とかスケールのでかい事言ってんじゃゃねえ！　いや、予感はしてたぞ？　普通だったら昨日の時点で反省して控え目になるとこなんだろうが、お前の場合は逆に暴走するパターンかもなって。でも、ここまで思い切った真似《まね》するとは思わねえだろ！」

白熱するモランに対して、ルイスは冷静沈着なまま答えた。

「一つ一つ丁寧に指摘して頂いた事には感謝します。ですが僕は全ての魚を等しく取り扱っているつもりですし、特定の箇所に多少の植木を設置したくらいで不平等だというのは言い掛かりだと思います」

「ここまでやっといて認めないって、どういう神経してんだ。……てか、本当は少し自覚してんじゃねえか？」

「それにずっと落ち着いているのが逆に凄い……」

怒濤《どとう》のツッコミにも動じないルイスの態度に、寧《むし》ろ尊敬の気持ちすら芽生えるフレッドだった。

「まあ、ここをどうしようがお前の自由だって言ったのも俺たちだしな。とにかくお前の兄貴愛には恐れ入ったよ」

飼育方法の偏りを頑《かたく》なに認めようとしない末っ子との論争は無意味だと思い、モランは説得を諦めて普通に魚を見物していくことにする。

「…………」

だが目の前の色彩豊かな魚よりも、視界の端でちらつく木々がどうにも気になって仕方が無い。

葛藤に苛《さいな》まれるモランだったが、やがて誘惑に負け、吹っ切れたように密林へと足を向ける。フレッドも恐る恐るその後に続いた。

「……しょうがねえ。こうなったら存分に拝んでやるよ」

誰にともなくそう呟いて、立ち並ぶ植木に近付く。その中へ入る為に邪魔な葉を手でどけようとすると、近くの机に置かれた水槽に視線が留まる。中にはやたら目を引く色をした生き物が入っていた。

「何だこいつは？」

「随分鮮やかな色ですね」

水槽には、濃い青の下地に赤色の斑模様《まだら》が入った、数匹の小さな蛙《かえる》がいた。

見慣れぬ生物の存在に疑問を抱きつつも、興味本位で水槽に顔を寄せるモランとフレッド。

そんな二人に、他の魚に餌をあげていたルイスはよく通る声で注意を促す。

「面白がって蓋を開けないで下さいね。その蛙は見た目は美しいですが、南米の部族が矢尻に塗って使用するほどの猛毒を持っていますので」

警告を受け、危険を感じたモランとフレッドは咄嗟《とっさ》に蛙の水槽から飛び退《の》いた。持ち前の運動神経も手伝って、後退した距離も人並み以上だ。

それなりの死線を越えてきた二人もいきなり現れた毒持ちの蛙には肝を冷やしたらしく、モランは心臓の鼓動を抑えながらルイスに怒りの形相を向けた。

「どうしてそんな危ねえ奴がいるんだよ!?　南米風の環境とはいっても限度ってもんがあるだろ！」

「申し訳ありません。熱帯魚の古巣を再現する一環でもありますが、どちらかといえば標的が魚以外の生物にも興味を示した場合を想定しまして、念の為にと飼育していました」

ルイスは陳謝しつつも水槽の側にやってきて、少しだけ蓋を開けてその隙間から餌用の小さな虫を中に投じる。

「…………」

彼の手慣れた動作に、最早二人は何も言う事が出来ない。日々自分たちが過ごす屋敷に完成してしまった非日常的な空間に、彼らの情報処理能力はとっくに限界を迎えていた。

蛙が餌を食べたのを確認した後、無駄の無い動線で他の水槽もチェックしていくルイスの姿に、モランはどこか遠い目をした。

「ほんの少しの間に、人はここまで出来るようになるもんなんだな……」

徹底した生真面目さというのは少し方向を間違えるだけで、誰も予想だにしない結果を招く。

色々な点で『ルイスって凄いな』と感慨深く思うと同時に、二人は人生にも通じる何かを悟って再び木々の間に足を踏み入れる。

もしやあの危険な蛙が脱走していやしまいかと緊張しながら葉のカーテンを掻き分けると、目的の水槽に辿《たど》り着いた。

「お、いたいた」

水槽自体は代わり映えしていない事にモランはようやく人心地ついた思いになり、早速中を泳ぐ〝モリアーティ三兄弟〟を観賞する。

先頭を行くのは〝ウィリアム〟。続いて順に〝アルバート〟、〝ルイス〟。三匹のエンゼルフィッシュは、ルイス製の密林の中で天使の名に恥じぬ輝きを放っていた。

しかし楽しげに眺めるモランとは対照的に、フレッドは微《かす》かに目を細めて神妙な面持ちだった。

「少し……動きがぎこちなくないかな？」

「あ？」

その言葉にモランが注意深く対象を凝視する。すると彼もすぐに魚の微妙な変化を見て取った。

エンゼルフィッシュたちは一見何の問題も無いように見えるが、注意深く観察してみれば、確かに先頭の魚だけほんの僅かに他と泳ぎ方が異なっているのだ。

「どうかしましたか？」

二人の反応から異変を察したルイスがやってきて尋ねるが、フレッドが説明するまでもなく彼は〝ウィリアム〟の異常に気付いた。

ルイスは水槽に顔を近付けて暫く様子を見ていたが、次第にその表情が深刻なものに変わっていく。

「おい、ルイス。一体どうすんだ？　もしかして病気なんじゃねえのか」

モランが言うと、ルイスは顎に手を添えて一瞬考え込むと、素早く判断を下す。

「――まずはこの魚を別の水槽に移します。部屋の入り口付近にこれより一回り小さい水槽が置いてありますから、モランさんはそれを持ってきて下さい。フレッドはこの水槽に設置してある測定器の数字を読み取り、報告して下さい」

与えられた指示に、モランとフレッドも迷いなく動いた。

その間にルイスは懐からメモを取り出して、独学で習得した緊急時の対処法をチェックする。内容などすっかり暗記してはいるが、万が一の勘違いを防ぐ為だ。

モランが小型の水槽を抱えてやってくる。

「おい、水槽ってのはこれでいいのか？」

「はい。ありがとうございます」

ルイスはまず、モランから受け取った空の水槽にエンゼルフィッシュがいる水槽の水を魚が一匹泳げる程度まで注ぐと、その水温や水質を再度検《あらた》めてから機器を設置し、少量の塩を入れる。

ルイスが施す行為にモランが首を傾げた。

「どうして塩なんか入れてんだ？」

「塩水浴は魚の病気に対して有効な治療法なんです。決して万能ではありませんが」

答えた後にルイスは〝ウィリアム〟を優しく網で掬《すく》うと、準備した水槽に移動させる。病気の魚の隔離にはデメリットもあるが、ルイスは病気を伝染させない事や他の魚からのダメージを避ける事を優先させた。

テキパキと作業をしながらルイスはフレッドが読み取る数値を聞いていたが、彼の困惑はますます深まっていくばかりだ。

「水質、水温共に正常値。見たところ水槽内に目立ったゴミや汚れは見当たらないですし、機器が故障した様子も見られない。となると、与えた餌に異物でも混入していたか、周囲からのストレスか……」

「他の魚から苛《いじ》められたりでもしたのか？」

モランがそう尋ねたが、ルイスは即座に否定する。

「僕が観察していた範囲ではそのような諍《いさか》いはありませんでした。となると他に考えられるのは、環境の変化」

ルイスが周囲の植木を横目で一瞥《いちべつ》する。そのさりげない動作が示す事にフレッドも気が付いた。

「ストレスって、この木のことですか？　でも水に触れてる訳でもないから、水質とは直接的な関係も無さそうですし、それにこれは今さっき置いたばかりなんですよね？　そんなに早く魚に影響を与えるとは……」

「可能性は無くはありません。ガラスの向こうに広がる景色の変化が視覚的な負荷となったのか……まあいずれにせよ、魚に変調を来《きた》してしまった責任は管理責任者である僕にあります」

「…………」

ルイスたちは魚の隔離を終えた後、その場に立ち尽くした。

彼らは病気のエンゼルフィッシュが単体で寂しげに泳ぐ姿を、やるせない思いで見つめていた。


魚の発病から三日後。飼育日数もこれで一一日目を迎える。

ルイスの献身的な看病も虚《むな》しく、〝ウィリアム〟の調子は芳しくない。

ピンと張っていたヒレはたたまれ、体表の輝きもなりを潜め、泳ぎも不安定で覚束《おぼつか》ない。

餌をやっても、殆《ほとん》どの量を食べ残してしまう。異変が確認されてから、着実に病状は悪化していた。

孤独に水中を漂うエンゼルフィッシュ。

その姿をルイスは椅子に座りながら見守っている。

彼はどうする事も出来ない己の無力さを噛み締めていた。それに加えて、魚が弱った原因が自分の迂闊《うかつ》な行動にあったかもしれないという事にも、やりきれない気持ちでいっぱいだった。

ちなみに先日運び入れた南米産の植木は広間の端に寄せてしまった。環境の変化が悪影響を及ぼす恐れがある以上、妥当な処置と言える。だがあれだけ異様な存在感を放っていた木々が消えると、以前の光景に戻っただけのはずなのに水槽の周辺はどこか閑散としてしまった。

飼育機器の無機質な駆動音だけが広間に響き渡る中、ゆっくりと広間の入り口の扉が開けられ、そこからフレッドが顔を出した。

水槽前に座っているルイスは入室する彼を振り返る事もなく、黙したままエンゼルフィッシュを一心に見つめている。

そんな彼に、フレッドが物静かに近寄って声をかける。

「大丈夫ですか?」

「このエンゼルフィッシュの調子について言えば、残念ながら良いとは言えません。ですが一匹の看病に気を取られて、他が疎《おろそ》かになるという事は決してありません。その点については安心して下さい」

「…………」

フレッドが聞いたのはルイスの体調についてであったが、あえてそれには触れさせまいと気丈に振る舞う心中を察して、口を引き結ぶ。

周りの水槽を見渡せば、他の魚たちは元気に泳ぐ姿を見せている。ルイスの言う通り、一匹にかまけて全体の管理に支障を来すという本末転倒な事態には陥ってはいないようだ。

それからおよそ数分間、居たたまれない沈黙が両者の間に漂った。

フレッドは〝ウィリアム〟とルイスを交互に見遣った。生気に乏しい魚に視線を注ぐルイスの横顔には、心労による疲弊が表れている。

看病を始めてから、ルイスは付きっ切りで水槽を見守っていた。食事も仲間の分を用意した後、自分だけこの部屋に籠《こ》もって済ませていたのだ。時折、兄たちや仲間が心配して様子を見に来たが、ルイスは頑としてここを動こうとしない。

ルイスが最後に自分の部屋に戻ったのはいつだったか——ここには寝具は用意されておらず、彼の顔色の具合から睡眠も碌《ろく》に取れていない事が容易に想像できた。

フレッドは逡巡《しゅんじゅん》していたが、やがて心を決めてルイスに言った。

「ルイスさん。気持ちは分かりますが、やはり少しは休むべきです。あなたが身体《からだ》を壊したら元も子もないですし」

「問題は無いと言ったはずです」

いつもとは異なる、極めて冷然とした声がフレッドの耳朶《じだ》を打つ。

彼の返答は、明らかにそれ以上は踏み込んでくれるなというメッセージであった。

フレッドはその突き放すような対応に萎縮しかけたが、自分の中で膨れ上がる疑問をどうしても問い質《ただ》さずにはいられなかった。

「――どうしてたった一匹の為にそこまでやるんですか？　ルイスさんも以前『この魚は計画を遂行する為の一手段に過ぎない』と言ってたじゃないですか」

「…………」

ルイスの過去の言動を振り返ってみるとその問いは至極真っ当なものだったが、聞かれた本人は返答に困ったように口元を歪《ゆが》め顔を俯《うつむ》けてしまう。自分の中で葛藤が起きているのか、膝の上で強く拳を握っていた。

ルイスとフレッドは以前、任務中に仲違《なかたが》いした事がある。

それは貧しい子供を攫《さら》って残虐な人狩りをする貴族を罰するというものだったが、任務遂行中、二人は足を負傷した子供を助けるか否かで意見が真っ二つに割れたのだ。

フレッドは動けない子供を助けようと訴えたが、ルイスは貴族抹殺が優先と子供の放置を提案した。それは任務に同行した兄の身を案じた故《ゆえ》の発言であったが、それを踏まえても彼の選択はやはり無情なものであるとフレッドは思った。

結局その件は兄貴分であるモランが間に入って事なきを得たが、フレッドがルイスと意見の違いで衝突しかけたのは紛れもない事実である。

――ルイス・ジェームズ・モリアーティは、兄の為ならばいくらでも冷酷になれる男。

それは〝犯罪卿《はんざいきょう》〟に携わる者は皆、熟知している事だ。

しかしフレッドはそんな彼の性質を知っているからこそ、こうしてたかが熱帯魚一匹の為に心身を削って奉仕する姿が矛盾に感じられて仕方なかった。

所詮は三匹いる内の一匹。最悪、エンゼルフィッシュが全滅したとしても、他に数十もの魚種がいる。代わりはいくらでもあるのだ。

それなのに、何故――。

「フレッド。あなたの疑念はもっともです」

立ち尽くすフレッドに、ルイスは顔を俯けたまま重々しく、だがはっきりと言った。

「これは兄さんが標的に近付く為の道具の一つ。そこにそれ以上の理由は無い。この魚以外であればここまで入れ込みはしなかったでしょうし、仮に兄さんが今『この魚たちを殺せ』と命じれば、僕は躊躇いなく魚を皆殺しにするでしょう」

その言葉にフレッドは頷いたが、同時に身体の奥が冷え込むような感覚に襲われる。自分でもウィリアムの指示があれば実行するだろうが、ここまで大事に育ててきた生き物に対し完璧に心を殺しきれるかは分からない。

「それでも……」

だが、次の言葉を口にしようと漏れ出たルイスの声に微かな震えが混ざっている事に、フレッドは驚きを隠せなかった。そこには常に冷静沈着な彼らしからぬ、身体の内から絞り出すような苦しげな響きが宿っていた。

驚くフレッドをよそに、椅子に座って俯いていたルイスはゆっくりと顔を上げて、目の前を漂うエンゼルフィッシュを見た。

「それでもこの魚だけは——ふざけ半分だったにせよ、〝ウィリアム〟という名を与えた以上、僕はこの魚に出来る限りの手を尽くさずにはいられない」

彼は覚悟を決めたように告げた。

「悔しいですが、認めます。浅はかにも僕は、一手段でしかないはずの魚に感情移入しているんです。あろう事か、熱帯魚なんかに兄さんの姿を投影してしまっている」

「ルイスさん……」

理性で押し殺していた心の内を吐露され、フレッドも彼の苦悩がどれ程のものかを理解した。

――エンゼルフィッシュに、実の兄を投影。

兄弟の背景を知らぬ余所者《よそもの》が耳にすれば滑稽《こっけい》に聞こえる話かもしれないが、彼らと志を同じくするフレッドにはそれを笑えるはずが無い。

眉一つ動かさず任務に徹する冷徹さは、見方を変えれば兄への並々ならぬ想いに直結している事を、これまで兄弟と過ごしてきた彼は痛いくらいに分かっているからだ。

ならばその尊敬する兄の名前が付けられたものには何であれ、道具を超えた感情を抱くのも当然だ。

日頃の言動とは正反対の行動が、ルイスの信念に裏打ちされたものであると知ったフレッドは、説得を諦めるしかないと悟った。寧ろ、魚に献身するその気持ちに同調すらしている。

ルイスにとって、ウィリアム・ジェームズ・モリアーティは他の何よりも尊く、大切な存在なのだから。

だが、そんなルイスの想いを理解したからといって、問題が解決した訳ではない。

「でも、他に取れる手立てはもう……」

フレッドが非常に言い辛そうにしながらも抗《あらが》いようの無い事実を口にすると、ルイスも苦しげに受け入れる。

「……そうですね。全くありません」

気持ちの強さだけでは、現実の病魔とは闘えない。

残酷な真理に、フレッドの表情が曇る。ルイスを引き止める気持ちこそ無くなったものの、そのまま彼らは最初の無言の状態に逆戻りしてしまう。

室内が重々しい静寂に包まれる中、あの人物の声が響いた。

「――重たい空気だね。ルイス、フレッド」

二人が入り口を見ると、ウィリアムが足音も無く広間にやってきていた。

彼は水槽の前に力無く座る弟を見て、やや悲哀の混ざった声で語りかける。

「体調が優れないようだね、ルイス。僕が頼んだ事とはいえ、健康には気を遣わないといけないよ」

「兄さん……」

ルイスは立ち上がって今の状況について弁解しかけたが、言い訳無用とばかりに口を噤《つぐ》んだ。

その代わりに、フレッドが前に進み出て拙《つたな》い口調ながらもルイスを弁護する。

「ち、違うんです、ウィリアムさん。ルイスさんは、魚を助けようとして――」

だがウィリアムがすっと手を差し出して、フレッドの言葉を止めた。

「フレッド、勘違いしないで欲しいんだけど、別に僕はルイスを咎《とが》めに来た訳じゃないよ。ただ、ルイスにある大事な物を渡しに来たんだ」

「え？」

予想とは異なる発言に、フレッドは頭に疑問符を浮かべて立ち尽くしてしまう。

するとウィリアムは懐から小瓶と小さな紙片を取り出して、ルイスに手渡した。

当然、謎の物資を提供されたルイスは不思議そうな顔で問いかける。

「兄さん。……これは？」

「――魚の治療薬だ」

何気なく告げられたその言葉に、ルイスとフレッドは驚いて目を見開いた。そして揃って手中の薬を凝視する。

そんな二人に、ウィリアムが簡単な説明を付け加える。

「話によると、マラカイトグリーン水溶液をベースにして作ったようだ。それを水に適量入れて薬浴させると良いらしい」

「ウィリアムさんが用意してくれたんですか？」

若干の興奮を見せるフレッドに、薬を持ってきた本人はゆっくりと頷いた。

「こういった事態を想定してヘルダーに製造を依頼していたんだ。飼育用の機材を優先させたから、少し完成が遅れてしまったようだけどね。待たせてごめんね、ルイス。この数日間は辛い思いをさせてしまった」

話を聞いたフレッドは、ウィリアムの先見性とヘルダーの突出した技術力に改めて賞賛の思いを抱く。

そしてルイスは大事そうに小瓶を両手で包み込んだ。

「――ありがとうございます、兄さん！」

真っ暗闇の状況に確かな希望を与えられ、ルイスは力強く礼を言い、また深々と頭を下げた。そんな弟に、ウィリアムは温かな表情を返した。

「それと業務連絡だ。五日後、ここの魚たちを輸送する」

計画に関わる内容に、緩みかけたルイスたちの表情が引き締まる。

「数日前、ステープルトンと面会の約束を取り付けるのに成功した。案の定、熱帯魚の存在に食い付いてきて、この魚を全て提供する事と引き換えに彼の屋敷に招待されたんだ。この接触の後、僕は彼が悪事を働いているかどうか判断を下そうと思う」

「分かりました」

ルイスが短く返事をすると、ウィリアムは続ける。

「結果が出たらすぐにまた報告する。それじゃあ、今後の健闘を祈るよ」

そうして颯爽《さっそう》と広間を去っていくウィリアムに二人は再び礼を告げると、互いに向き合った。

「ルイスさん。これを使えば魚もきっと元気になりますよ」

嬉々として言うフレッドだったが、一方のルイスは至極落ち着いた様子で述べる。

「楽観は禁物ですよ。まだ開発されたばかりというなら薬品としての質に不安があるかもしれないですし、それにこの薬の効能がこの病気に適切なものであるとも限りません」

慎重論を聞かされたフレッドだったが、彼は半眼でルイスの顔を見つめるだけだ。

「……どうしました?」

ルイスが聞くと、フレッドが自分の口の両端を指で持ち上げる。

「ルイスさん。口元が笑ってます」

「なっ……！」

指摘を受けたルイスは瞬時に口元を手で覆い隠した。どうやら取り澄ました態度を装っていても、溢《あふ》れる歓喜は隠し切れなかったらしい。

「と、とにかく！　兄さんたちが用意してくれた品なんですから、早速使用してみましょう！」

照れを誤魔化すように殊更大きな声で言いながら、ルイスは渡された紙を参照して瓶の中の液体を水槽に入れた。

「後は、効果が出るのを期待するのみです」

「うまくいきますよ、きっと」

フレッドが明るい声音で言い添えた事を、今度ばかりはルイスも否定しなかった。


そして時は冒頭の場面に立ち戻る。

あの後、『犯罪相談役《クライムコンサルタント》』の窓口としての業務を控えていたフレッドは、名残惜しそうにしつつも広間を退出し、またルイスは一人になった。

しかし状況はこれまでとは一変した。取れる手立てもなく魚が衰弱していく経過を傍観していた時とは違い、今は回復に一筋の光明を見出している。

彼は水槽の前に立ち尽くしながら、薬品の効果と魚の気力に賭けた。

「どうか助かって下さい……」

ルイスはひたすらにエンゼルフィッシュの復活を祈る。

アクアリウムの王道と称される熱帯魚の遊泳に、兄の面影を見出しながら。

それから五日後、熱帯魚がステープルトンの屋敷に輸送される日がやってきた。

澄み切った空気に満ちた早朝。屋敷前の街路に停《と》められた複数の荷馬車に、運びやすくする為に手頃な大きさの水瓶《みずがめ》に熱帯魚を移し替えたものや水槽等の機材が仲間の手によって運び込まれていく光景を、ルイスは玄関前に佇みながら静かに見守っている。

連日の無理がたたって崩しかけていた体調も、飼育最終日を迎える頃には万全の状態まで回復していた。酷かった顔色は健康的な色艶を取り戻し、レンズの奥の目にも達成感に満ちた輝きが宿っている。

初めルイスは『魚の運搬までが自分の仕事』と率先して荷物を運ぼうとしたが、今回の一番の功労者をこれ以上働かせる訳にはいかないと仲間から言われ、不満そうにしながらも見物役に徹している。

時折、仲間が運ぶ熱帯魚入りの水瓶が横を通り過ぎると、ルイスの瞳に映る光が小さな揺らぎを見せた。そしてその度に、心の動揺を気取られないよう眼鏡の位置を整えるフリをする。

「感慨深いかい、ルイス？」

ズレてもいない眼鏡の位置調整を繰り返すこと五回目、気付けばウィリアムがルイスの横に立っていた。

ルイスは照れ臭そうに小さく咳払いをすると、毅然《きぜん》と背筋を伸ばす。

「決して僕はそのような――」

だが、そこで口から出かけた否定の言葉が止まる。そして水槽が積み込まれていく馬車へと視線を向けると、柔らかな口調で訂正した。

「いえ、その通りです。認めたくはありませんが、今回ばかりは僕も感傷的な気分です」

本音を語る弟に、ウィリアムは柔らかい視線を送る。

そんなやり取りをする二人の前で、フグやグッピーの泳ぐ水瓶が運ばれていく。あの小さな魚に名前を付けた時から、ルイスの熱帯魚飼育は妙な方向に向かっていったのだ。

歯車が狂った切っ掛けを思い起こすと、ルイスは改まった様子でウィリアムに頭を下げた。

「兄さん。今回の件は本当に申し訳ありません。僕が暴走した結果、皆に要らぬ心配をおかけするような事態を招いてしまいました。自分の未熟さをひたすら反省しています」

兄の名前が付けられた熱帯魚に入れ込む余り、水槽のレイアウトを無駄に豪華にしたり南米の環境を丸ごと再現するなどして、挙句の果てには熱帯魚の看病で自分の身体を壊しかけてしまった。冷静になって思い返せば相当な無茶を仕出かしたものだ。

ルイスが心から反省していると、丁度その暴走の産物である熱帯地方の植木がモランとフレッドの手によって運ばれていく。これらも熱帯魚のおまけとしてステープルトンへの手土産《てみやげ》とするのだ。

南米産の木々からルイスは目を逸らさずに、己の至らなさの象徴をしっかりとその日に焼き付けている。

猛省する弟に、兄は一拍の間を置いてから告げる。

「そうかもしれないね。もしあの状態が続いてルイスが倒れでもしていたら、他の魚の飼育にも影響が出たかもしれない。そうならないよう気を付けてはいたみたいだけど、それでも最悪の事態は想定して、もっと僕に相談するなりして欲しかったな」

「…………」

分かってはいたが、やはり尊敬する人物から問題点を指摘されるのは胸に突き刺さるものがある。

当然、ルイスの内に芽生えていた達成感は萎《しぼ》んでいき、誇らしげだった顔も俯きがちになる。

「だけどね、それは物事の一つの側面に過ぎない」

「え？」

突然優しげな声で付け足された言葉に、ルイスは意外そうな反応を見せる。

発言の真意を測りかねている弟に、ウィリアムは自分の考えを述べる。

「ルイスがたった一匹の魚に入れ込んで、自分の身体を蔑《ないがし》ろにした点は頂けないかもしれない。事実、エンゼルフィッシュは他に代わりが二匹いたのだからね。でもそれはある意味、たった一つの命すら無駄にはしない誠実な心構えの表れだとも言える」

誠実。

その単語は、私欲にも似た衝動に動かされたと自覚するルイスの胸中に、不思議と抵抗なく染み入ってくる。

「確かに僕は『死なせても補充は可能』とは言った。けれどその発言を鵜呑《うの》みにして『代わりがある』、『次の機会がある』と考えてしまうのは間違いだと思う」

ウィリアムはルイスに仕事に対する心構えについての意見を述べていく。

「そんな甘い思考が目前の務めに対する集中を損なう場合もある。仮にルイスが『後二匹いるのだから』と楽観的な気分で仕事に取り組んでいたら、あっさりと魚たちを全滅させる結果となったかもしれない。つまり一匹の魚に対して真摯《しんし》に向き合ったルイスの行動は、そういった観点からすれば非常に適切だったとも言えるね」

「……兄さん」

ウィリアムの語気には今伝えた言葉以上の感情は無く、決してルイスを擁護している訳ではない。ウィリアムは客観的な立場から、ルイスの業務を評価しているのだ。

だからこそ、ルイスは嬉しくなる。

自分の愚かさが生んだ過ちでしかないと思っていた行動に、ウィリアムは正反対とも取れる意味を与えてくれた。一匹の魚への執着は、裏を返せば仕事に熱心だった証拠だと、兄は言ってくれているのだ。

一旦ウィリアムの話が途切れると、丁度水槽を抱えたモランが荷馬車へと歩いていくのが二人の視界に映った。モランは作業開始当初から淀《よど》みない動きで働いている。力のある彼にとっては、どんな荷物も大した重さではないらしい。

数多くあった積み荷も残り少しとなったらしく、同じく運搬に精を出すフレッドもラストスパートをかけている。ちなみにアルバートは早々に割り振られた分の荷物を運び終えて、仕事場であるユニバーサル貿易社に出掛けている。

一所懸命に動くモランから視線を動かしたルイスは、荷台に並べられた空の水槽を見つめる。

すると彼の脳裏に、三匹のエンゼルフィッシュが揃って泳ぐ映像がフラッシュバックした。

「…………」

本当なら、最終日までにあの魚たちが泳ぎ回る水槽へ例の一匹を戻してあげたかった。仲睦まじく三匹が並んで泳ぐ姿をもう一度見たかった。

その願いが叶わなかった事が、責任者であるルイスにとっては心残りだった。

するとモランの後に続き、フレッドが屋敷の玄関から出てきた。その腕にはある魚が入った水瓶が抱えられている。

彼は玄関前に立つルイスの様子を窺《うかが》いながら確認を入れる。

「ルイスさん。この魚で最後ですけど……本当に積み込んでいいんですね？」

「……はい。お願いします」

微かな寂しさを窺わせたルイスの返事を聞くと、フレッドも厳かに頷いてから馬車へと向かう。

ルイスは最後にもう一度、フレッドの持つ水瓶を見る。

その中で泳いでいるのは、数日前まで病弱だったエンゼルフィッシュだった。

フレッドが確認を入れた時に見たその泳ぎは、悠々と力強く、銀色の鱗は昇ったばかりの朝日を照り返して美しい光沢があった。

つまり――エンゼルフィッシュはすっかり以前の優雅な泳ぎを取り戻したのだ。

ウィリアムから貰った薬を使った日から熱帯魚は回復していき、つい先日に本調子へと戻ったのである。だが健康になったからといってすぐに薬浴を中止するのは憚《はばか》られたので、仕方なく元の水槽へ帰すのは諦めて小型の水槽のまま残りの日々を過ごさせたのだ。

せめて最後に『三兄弟』が揃う場面を見届けたかった、とルイスは残念に思う。

だが水瓶がフレッドの手によって積まれると同時に、ルイスは静かに瞼《まぶた》を閉じてその考えを封じ込めた。

――あれは只《ただ》の三匹の魚。断じて我々と同じではないのだ。

そんな冷徹な台詞を、自分自身に言い聞かせる。

あれ程までに真心込めて接した魚に、全く未練は無いと言えば嘘になる。

それにもし兄に真剣に頼めば、あのエンゼルフィッシュだけは屋敷に残す事を許されたかもしれない。熱帯魚は他にも沢山いるし、必ずしもあの三匹まで手放さなければならないという訳では無いのだから。

しかし、ルイスはそれをしなかった。

フレッドも言ったように、『この魚は手段でしかない』と言い切ったのは他ならぬ自分だ。

今更その言葉を撤回する気も無いし、それに今後任務が下された時、余計な情に流されれば今度こそ取り返しのつかない惨事を引き起こす恐れもある。

詰まる所、あの絢爛《けんらん》豪華な熱帯魚は、単なる手段であり一つの道具でしかない。

そうして感傷を押し殺して、自分を戒め、任務に徹底するからこそ手に入れられる物がある。

そして兄はきっとその思いを酌み取ってくれている。

名残惜しさを感じつつも気持ちを切り替えたルイスは、横に立つウィリアムと顔を見合わせる。

そしてウィリアムは微笑を返した。

「さて、我ながら偉そうに長話をしてしまったけど、あんなものは建前だ。僕からルイスに伝えたい事は、たった一つ」

彼が今本当に求めている一言を理解しているウィリアムは、闇に蠢《うごめ》く犯罪組織の長ではなく、一人の兄として優しく温かい声音で告げた。

「一匹の命も無駄にせずによく頑張ったね、ルイス」

「……はいっ！」

ルイスは元気よく返事をした。そして油断すると破顔しそうになる表情を必死に抑えて、どうにか口元を綻ばせるだけに止《とど》める。だが心の底から湧き上がった感動が目元を潤すのには、冷静な彼でも耐える事は不可能だった。ルイスは滲んだ視界で、兄の姿を真正面に捉える。

兄の力と成る為。兄の期待に応える為。そしてあわよくば、兄から僅かばかりでも賞賛を頂く為。

ウィリアムから指令を受けた直後から無意識の内に望んでいたものを手に入れ、ルイスは感極まっていた。

「では、荷も全て運び終えたようだし、そろそろ僕も支度を始めるとしよう」

ウィリアムは襟元を整えながらそう呟くと、感動に身を震わせているルイスの肩にそっと手を置いた。

「後は任せてくれ、ルイス。君の働きは決して無駄にしない」

「分かっていますよ、兄さん」

ルイスは微塵《みじん》の疑いもなく確信していた。――兄は絶対に、自分の努力を無駄にはしないと。

弟の迷いない返事を聞いたウィリアムは再び笑みを返すと、すぐに『犯罪相談役《クライムコンサルタント》』の顔に戻り、屋敷の中へと戻っていった。

兄の後ろ姿を見送った後、ルイスは水槽を積んだ馬車を一瞥して、呟いた。

「……そろそろ朝食を作りますか」

輸送の準備が無事終わった事を確認すると、ルイスの頭の中で熱帯魚に苦戦した日々の思い出は一つの観察記録に変わり、思考回路は屋敷と領地の管理に勤《いそ》しむ日常の仕様に切り替わる。

しかしあの煌《きら》びやかな銀の光は、色褪《いろあ》せぬ記憶となって彼の心の奥底に宿っている。

斯《か》くしてアクアリウムに挑み、無事任務を全うした彼の背中は、折り目正しい品性と、一仕事終えた男の風格を備えていた。

MORIARTY THE PATRIOT

3
アルバートの飲み比べ

モリアーティ家の長兄であるアルバート・ジェームズ・モリアーティは、社交界において非の打ちどころの無い人物として名高い。

女性を虜《とりこ》にする凜々《りり》しく秀麗な容姿。貴族の地位にありながらも決して驕《おご》らない気品に溢《あふ》れた物腰。洗練された所作。誰にでも分け隔てなく穏やかな笑顔を以《もっ》て接する余裕。

余りの人気故《ゆえ》、時に同じ貴族階級の男性から浅ましい嫉妬や恨みを買う事もあるが、そんな負の感情すらも微笑《ほほえ》み一つで受け流す。

このように貴族たちの間で語られるアルバートという男の評価は群を抜いて高いが、輝かしい在り方は往々にしてそれを見る者の目を曇らせる。

アルバートの人間性を知ったつもりでいる貴族たちには、彼の本当の姿を見極める事は出来ない。

彼の穏和な態度の奥底に秘められた激情も、大英帝国の歪《いびつ》なシステムを変革しようとする野望も、今はまだ誰も知らない真相である。

時は『ＭＩ６』が創設された日の夜。

「それじゃ、今夜もいっちょ男らしく勝負と行こうぜ、アルバート」

久方ぶりに仲間五人での夕食を終えた食卓にて、セバスチャン・モランは机の対面に座るアルバートにそう言った。

唐突な宣戦布告をされたアルバートだったが、彼は戸惑うどころかいつもの悠然とした態度でモランの闘志に応える。

「相変わらずこの勝負となるとやけに気合いが入るようだな、モラン大佐」

「当然だろ。それに今日はウィリアムの計画で新しい『手段』を手に入れた記念日だ。自然と酒も進むって話だ」

やる気満々といった笑みを浮かべるモランは、中身を飲み干したワイングラスをアルバートに向けて高々と掲げる。

モランが挑んだ勝負とは――酒の飲み比べである。

モランとアルバートは過去にも何度か酒で勝負をしており、先日もウィリアムらと共にロンドンにやってきた時、モランはアルバートとの飲み比べを公言していた。その際、ルイスにアルバートとの仲を茶化され、それに反発するという一場面もあった。

ウィリアムの計画によってその日の飲み比べの行方《ゆくえ》は不透明なまま終わってしまったも

のの、目的を達成した後、こうして皆が揃《そろ》って夕食を取る時になって、改めてモランはアルバートとの対決を申し出たのである。

ちなみにこれまでの対戦結果はモランの全敗。そんな悲惨な戦績にも拘《かか》わらず何故《なぜ》か自信たっぷりといった風にグラスを振るモランに、給仕を務めるルイスが苦言を呈した。

「モランさん。今晩は皆、重要な任務を終えてお疲れでしょう。そんな時に飲み比べなんて身体《からだ》を壊しますすよ」

「興が醒《さ》めるような事言うんじゃねえよ。折角全員揃って成功を祝おうって時なんだ。今夜くらいは多少の羽目は外してても構わねえだろ?」

「モランさんはいつも『多少』で済まないから困っているんです……」

「大丈夫だ。今回こそ俺が勝つ」

「いや、そういう事ではないのですが……」

人の注意に耳を貸す気の無いモランに、ルイスは残念そうに溜息《ためいき》を吐《つ》く。

すると差し向けられた空のグラスを見つめていたアルバートがゆっくりと頷《うなず》いた。

「――いいだろう。その挑戦を受けるとしよう。……ルイス、貯蔵してあるワインをいくつか持ってきてくれないか」

アルバートが所望すると、ルイスも承知して新たなワインを取りに部屋を出て行く。

モランは挑戦を快諾され、強く拳を握った。

「よし、そうこなくっちゃ面白くねえ。今日こそはお前がみっともなく酔い潰れる様を拝んでやるぜ」

「それは頼もしいな。いつもは泥酔した君を介抱するのに苦労している分、この祝すべき日では是非とも君の世話になってみたいものだ」

「おいおい、そうは言っても負ける気なんざさらさら無いって面してるぞ」

皮肉を交ぜたアルバートの口振りによって負けず嫌いの精神に火が付いたのか、モランは少し前のめりになってこう提案する。

「――上等だ。だったら心の底から本気になれるよう、負けた方が勝った方の言う事を何でも聞くってルールにするのはどうだ？」

アルバート相手に大胆不敵な条件が追加されると、彼の横に座っていたフレッドが顔を顰《しか》める。

「そんな無謀な約束しちゃって大丈夫なの？」

純粋な善意からの忠告だったのだが、モランは横槍《よこやり》を入れられた気分になったらしく、小柄な仲間を睨《にら》み付けた。

「心配すんなよ、フレッド。そうだ、どうせならお前も参加しろよ」

「ええっ!?」

仰天するフレッドなどお構いなしに、モランは彼の肩に手を回す。彼のアルコール混じりの吐息にフレッドの息が詰まる。

「男の覚悟に茶々を入れやがったんだから、お前も同じ土俵に立つのが筋ってもんだろ」

強引な理屈にフレッドは嫌そうな顔をするが、モランはそれには構わずフレッドを更に引き寄せると、内緒話をするように耳打ちする。

「それに考えてもみろ。あの超が付く程の完璧人間のアルバートがぐでんぐでんに酔っ払った姿を、お前も一目見たいと思わねえか？　おまけに勝負に勝てば、さっき言った何でも言う事を聞かせられる条件付きだ。お前が最後まで残れば、あいつにも、俺にも、好きに命令できんだぜ？」

「…………」

モランの誘惑めいた囁《ささや》きに、不意にフレッドの理性が揺さぶられる。

飲み比べなんて真似《まね》は自分には不向きという事を自覚しつつも、日頃から全く欠点というものを見出せないアルバートのだらしない姿を拝んでみたいという好奇心が無い訳でもない。

モランの言葉によって自分には不似合いな気持ちを思いがけず引き摺《ず》り出されたフレッ

ドは、さりげなく食事が終わった直後の食卓に視線を走らせる。

勝負は今から開始とは言うが、既にモランとアルバートは食事中にも結構な量のワインを飲んでいた。それに比べて自分は食前酒を一口味わった程度。つまり勝負開始時点では自分が少しだけ有利なはず……。

本来ならば相手の力量なども考慮して慎重に判断するところだが、今夜のめでたい雰囲気が彼の小さな背中を押したのだろう、僅《わず》かでも勝機はあると考えたフレッドは、緊張した面持ちながらもこくりと頷いた。

「よっしゃ、フレッドも参加決定だな。ウィリアムもやるか？」

チャレンジ精神を見せたフレッドを離し、モランは事の成り行きを見物していたウィリアムにも誘いをかける。

しかし彼は穏やかに首を横に振る。

「折角の申し出だけど、僕はこのまま観戦させてもらうよ」

するとモランも素直に受け入れた。

「そうか。だったらお前には審判を頼むわ」

「任せてくれ。公正な判断を約束するよ。ただモランも知っての通り、兄さんのお酒の強さは尋常じゃないけど、大丈夫？」

少し心配そうにするウィリアムに、モランは迷いなく答える。

「んな事は百も承知だ。だが男が勝負を申し出た以上、簡単に引き下がる訳にはいかねえんだよ」

「なるほど。もう覚悟は出来てるって訳だね」

モランの勝負にかける意気込みに、ウィリアムも必要以上に口は挟まない。

勝負に燃えるモラン。迎え撃つアルバート。そして飛び入りで参加を表明したフレッド。

飲み比べ対決の選手が揃ったところで、数本の酒瓶を持ったルイスが部屋に戻ってくる。

「そんじゃ、始めるとしようぜ」

卓を囲む三人の戦いの火蓋《ひぶた》が切られた。


「――これで、二〇杯目！」

飲み干した杯の数を申告しながら、モランがワイングラスをタンと机に置く。

モランはまだ正気を失っておらず、会話の呂律《ろれつ》も問題無く回っている。だがその野性的な相貌は胃に流し込んだ大量の赤ワインにも劣らぬほど真っ赤に染まってしまっている。

「アルバート、そろそろてめえも観念したらどうだ？」

酔いでふわふわと浮ついた視界に、向かい合う敵の姿を収める。

しかし対戦相手であるアルバートは、観念どころか全く調子を崩してはいない。顔色にも一切の変化が見られず、まるで今から酒を飲み始めるかのように悠々とグラスを傾けてワインを口にしていた。

同じく二〇杯目を空にした彼は、ヒクついた目で自分を凝視する男など素知らぬ態度で給仕のルイスに声をかける。

「何杯飲んでも飽きない深みのある味だな。こんな良質な品を仕入れておくとは、やはりルイスの選定は絶妙だ」

「ありがとうございます。これは確か米国からの輸入品ですね」

「ああ。フランスでは葡萄《ぶどう》の病気が蔓延《まんえん》していると聞く。今後暫《しばら》くはあの素晴らしい赤ワインを堪能《たんのう》できなくなるかもしれないとなると残念だが、こうして新世界ワインの品質を学べたのは幸運だな」

「………………」

余裕があり過ぎて勝負とは無関係な方向に関心を持ち始める相手に、苦々しい顔をするモラン。

ちなみにフレッドはチャレンジ精神も虚《むな》しくかなり最初の方で酔い潰れ、グラス片手に机に突っ伏してしまった。脱落直後、身体を冷やさぬようにと仲間が用意した毛布をかけられたまま、今彼はすやすやと心地よさそうに寝息を立てている。

「さあ、これで互いに二〇杯目を空にしたね。両者共にまだアルコールが入る余地は残しているようだけど……中立の立場から言わせてもらえれば、ややモランが劣勢かな？」

対決を静観していたウィリアムは、のんびりと自分の見解を述べる。

彼の分析が公平であると分かっているからこそ、顔を赤らめるモランは悔しそうに唸《うな》り声を上げる。そして次なる一杯を飲もうとワインボトルを手にするが、傾けた瓶の口から一滴の酒も垂れ落ちないのを確認すると、ボトルを大きく振る。

「すまねえな、ルイス。これはもう空だから、新しいのを用意してくれねえか？」

「分かりました」

ルイスは言われた通りにすぐ別のボトルを取り出すと、きびきびとした動作でアルバートとモランのグラスにワインを注《つ》いでいく。

「これで、二一杯だな」

中身が注がれるや否や、モランは味を楽しむ情緒も見せずに一息にワインを飲む。

だが次の瞬間、モランは激しい目眩《めまい》に襲われた。どうやら自分が思っている以上に限界が近付いているらしい。

一方、アルバートは新しく注がれたワインを鑑定するべく、グラスを傾けてワインの色の種類と透明度の度合いを見ていた。そして一度だけグラスを回してから鼻に近付けてその香りを堪能すると、一口分だけ含んで味を試した。

「これはマデイラかな？」

　すると、傍らに立っていたルイスは笑顔と共にボトルのラベルを見せる。

「その通りです。やはり兄様のテイスティングは的確ですね。どうせなら塩の効いたチーズなどご一緒に如何《いかが》ですか？」

「塩味のチーズなら甘口のポートに合わせるのが好ましいな。それともジョン・フォルスタッフのようにチキンを要求してみようか」

「魂と引き換えに、ですね」

　シェイクスピア作品を引用して歓談する二人を眺めていたモランが、呆《あき》れたように苦言を呈した。

「……お前なぁ、これは男の威厳を賭けた飲み比べであって、社交場のワイン当てクイズじゃねえんだぞ？」

　彼の文句に、アルバートはやれやれとばかりに肩を竦《すく》めた。

「モラン大佐、真剣勝負とはいえ、遊興の余地を残しておかなければ退屈なものになってしまう。それにこの酒は米国の独立宣言の乾杯でも飲まれたもので、正に今宵の祝杯にも相応《ふさわ》しい一品だ」

アルバートの口から飛び出した豆情報に、モランはうんざりといった顔になる。

「あーあー、そういう蘊蓄《うんちく》を言ってる暇があったら、さっさと飲み干してくれねえか？」

飲酒を催促されたアルバートだったが、彼は気分を害するどころか、優雅な微笑を浮かべたまま言った。

「おやおや、やけに急かすじゃないか。もしかして大佐に余裕が無くなってきた事の表れなのかな？」

「なっ……！　そ、そんな訳ねえだろ。俺はまだまだイケるぞ」

痛い部分を指摘されて、モランは先程とは異なる唸り声を漏らす。どうやら今のふらついた場面はしっかりと見られていたらしい。

まだ決着は付いていないにも拘わらず、モランはすっかり敗北感に打ちのめされてしまう。そんな彼に見せつけるように、アルバートはワインをゆっくりと喉に注ぎ込んだ。

大量の酒を飲んでも未《いま》だ平然としているモリアーティ家長兄の姿に、モランが愚痴っぽく疑問を投げかける。

「実はお前の飲んでいるのは酒じゃなくて、赤みの強い紅茶なんてオチじゃねえよな？」

酔いが回っているせいか、普段ならば有りえないような勘繰りをしてしまうモラン。

それに対して、見物していたウィリアムとルイスが吹き出してしまう。二人は笑いを堪《こら》えるのに苦労しつつも言葉を返した。

「とてもユニークな推理だね、モラン。でも流石《さすが》にそんな魔法みたいな手口は僕でも思い付かないよ」

「モランさんも兄様も同じボトルから注いだのに、どうやって片方をアルコールにして、もう片方をお茶にするなんて真似が出来るんですか？　そんな突拍子もない事を考えるなんてモランさんらしくありませんね。やはりそろそろお酒は控えた方がいいのでは？」

「う、うるせえな。ちょっと言ってみただけだろ。それに勝負を止《や》める気もねぇよ」

ウィリアムとルイスにからかわれ、すっかり機嫌を損ねてしまうモラン。ふと横を見ると、そこにはぐっすりと眠るフレッドの姿が。

「何だかこいつにも笑われてるような気がしないでもないな……」

弟分の安らかな寝顔に対してそんな事を言いつつも、モランはフレッドの少しズレかけていた毛布の位置を直した。

弟二人の笑いが収まった頃、アルバートがモランに言った。

「寧《むし》ろ、その突拍子もないトリックを事実と認めてあげた方が大佐の名誉も守られるというものだ。それか君だけワインの間に紅茶を挟むというハンデを設けてもいい」

「言うじゃねえか。だったら俺は次から二杯ずつ飲んでやる」

「ほう、君にしては名案だ。自分から負ける原因を用意しておけば、第三者が納得する言い訳にもなるだろう」

「うぐぐ……」

どんな文句をぶつけてもあっさり返り討ちにされるので、モランは悔しい思いを我慢して意識を勝負に集中させる。

「それより、ルイス。次だ、次」

精一杯虚勢を張るモランに可愛《かわい》げすら感じ始めてきたルイスは「はいはい」とグラスにワインを注ぐ。そしてモランは新たに注がれたワインを勢いよく喉に流し込んだ。

「………」

焼けるような熱さが胃の腑《ふ》まで流れ落ちていく中、グラスを机に置いたモランは、ふと我に返って考え込む。

モリアーティ兄弟からからかわれた事への悔しさ。酩酊《めいてい》により覚束《おぼつか》ない思考。そして何より、自分の想定を遥《はる》かに上回るアルバートの酒の強さ。

それらの事柄から生じる焦りによってすっかり冷静さを失っていたが、一度落ち着いてきちんと現状を把握してみれば、やはりウィリアムの言う通り、確実に自分は不利な状況である。

これまでは変に意地を張る事で無意識にそこから目を背けていた部分もあるが、このまま現実逃避していても事態は改善されない。このまま何の考えもなく飲み続けていけば、近い内に自分が酔い潰れるのは目に見えている。

しかも負ければ、勝者の言う事を聞かなければならないという罰が待っている。この条件付けは元々『負ける訳にはいかない』と己を奮い立たせる起爆剤にする為《ため》だったが、既にその条件に戦意を高める効果は殆《ほとん》ど無くなり、ただアルバートが自分にどんな要求をしてくるかという恐怖だけが残されていた。

勝負には勝たなければならない。だがこのままでは負けてしまう。

ならば残された手は——。

モランは葛藤の末、一つの決断をした。

「ウィリアム。やっぱりお前も参加しねえか？　いや寧ろ、してくれ」

「僕も？　一体どうして？」

公正な立場で審判を務めていたウィリアムは興味深げに聞くが、モランはそれには答えず苦虫を噛《か》み潰したような表情のまま更にこう付け加えた。

「それだけじゃない。お前の参加に加えて……アルバートが許すなら、俺たちが今まで飲んだ分も一旦全てリセット、という事にして欲しい。……これは俺からの、ごくごく個人的な……依頼だ」

普段のモランらしからぬ辿々《たどたど》しい口調に、ウィリアムは意味深な微笑を浮かべる。

モランの決断とは、参加人数の追加と勝負の仕切り直しの要求だった。

悔しさを噛み殺しつつも自分ではアルバートには勝てないと悟り、一人でも多く彼に対抗できる者を増やそうと考えたのだ。

そしてもう一つの、一度勝負をリセットするという案。それを許可した場合、必然的にこれまで飲み続けてきた二人よりも途中参加した者が有利となるが、モランからすれば、もし自分が負けたとしても、まだアルバートから直接『言う事を聞かせる権利』を行使されるよりはマシ、というややこしい心情があるのだろう。随分と無茶な要求ではあるが、『自分と途中参加した者の杯を足した数でアルバートと勝負』と言わなかったのは、彼の中に残された微《かす》かな意地の表れなのかもしれない。

そんなモランの複雑な心理を読み解いたウィリアムは、そのまま顎《あご》に手を添えて考え始める。

モランの提案に乗るのも一興ではある。自分には審判という役割があるが、この勝負はさほど厳密なルールが敷かれている訳でもないし、それも不要と言えば不要だ。

しかし自分が参加して勝負を仕切り直すとなれば、当然モランとアルバートは不利になる。酒に関してアルバートは底無しの強さを誇る事を知ってはいるが、殆ど素面《しらふ》の者が正々堂々の飲み比べに途中参加するのはやはり不公平だろう。しかし、かと言ってモランの『依頼』を無下にするのも憚《はばか》られる。

この場合、最善の選択は——。

ウィリアムが心を決めて自分の答えを言おうとした瞬間、給仕をしていたルイスがそっと手を挙げた。

「待って下さい。もしかして兄さんはモランさんの提案に乗るつもりですか？」

「……丁度そう答えようとしていたところだよ。実際、アルバート兄さんは全く問題にしていないようだしね」

そう言って、ウィリアムはモランの向かいに座るアルバートへ視線を向ける。すると彼は二人に小さく微笑みかける。彼にとっては相手が増えようが、勝負を最初からやり直そうが、一向に構わないらしい。

アルバートの寛容な気持ちを知ると、ルイスは自分を指差した。

「それなら僕が新たに参加しましょうか？」

「……ルイスが？」

突然の立候補にモランが反応を示すと、ルイスは簡潔に理由を説明する。

「兄さんが勝負に加わって飲み過ぎで身体を壊してしまうという事態は万が一にも避けなければなりません。なので代わりに僕が参加すれば問題は無いと考えました」

「でも僕にしてみれば、ルイスの体調も気掛かりなんだけどな」

僅かに眉根を寄せるウィリアムの優しさに、ルイスもつい顔を綻ばせる。

「その心遣いはとても嬉《うれ》しいです。ですがモランさんがこうして真面目にお願いするのも滅多に無い事ですし、そんなモランさんの思いに兄さんが応えてあげたい気持ちも分かるんです。勿論《もちろん》、モランさんが言うように、アルバート兄様がお許しになればですけど」

「分かった。そこまで言うなら僕も反対はしないよ。兄さんはどう思いますか？」

弟の意思に理解を示したウィリアムが問いかけると、モリアーティ家長兄は優雅な笑顔を崩さぬまま頷いた。

「私は構わないよ。ルイスの気持ちが固まっているのなら尊重しよう。ただし、ルイスも言ったように身体を壊す事態は絶対に避けなければならない。大佐は仕方ないにせよ、ルイス、君が無謀な飲み方をしない事が条件だ。それでもいいかな？」

「分かりました、兄様。——では、決まりですね」

ルイスは厳かな表情でアルバートの出した条件に頷くと、静かにモランの隣に腰掛ける。

モランは無茶な要請が受け入れられた事に、感謝よりも寧ろ驚いたような顔をした。

「いいのかよ、ルイス？　自分から頼んどいてアレだが、アルバートは強敵だぞ。負けたらお前も罰の餌食《えじき》に……」

自分を心配するモランに、ルイスは苦笑を交えて語る。

「それを承知の上で参加を求めたのでしょう？　僕も本当なら兄様やモランさんを相手取るなんて真似はしたくありませんよ。しかし一度決心したとなれば、むざむざと負けるつもりはありません」

「……ルイス」

強気な態度にモランが打ち震えているのを横目で見ながら、ルイスはモランと自分の分のグラスにワインを注いでいく。アルバートも自分の手でワインを注いで、二人に向けて掲げた。

「では改めて、全力で行かせてもらおう」

「こちらこそ手加減はしませんよ、お二人共」

「お前ら、後で吠《ほ》え面かくなよ」

頼もしい対戦相手が増えた事でモランもすっかり最初の威勢を取り戻す。

するとウィリアムが三人を見ながら告げる。

「それじゃ、新たにルイスが加わって勝負は最初からやり直しだ。だけど兄さんとモランは次で二三杯目。お互い身体は壊さないよう気を付けてね」

ウィリアムの注意喚起と共に、飲み比べは再開された。

「ち、畜生……」

「まさか、こんな……」

それからおよそ二〇分が経過した後。

モランとルイスはグラス片手に苦しそうに喘《あえ》いでいた。

勝負が再開されると、モランとルイスとアルバートは怒濤《どとう》の勢いでワインを飲み進めていった。一回一回ルイスが二人の下へ近付いて酒を注いでいく手間が省けた分、ワインが入る速度が格段に上がったのだ。

ルイスは元々酒がそれ程強いという訳でも無かったが、勝負への決意を固めただけあって酒豪の二人に負けじと相当量のワインを飲み干した。

だが精神力にも限度はある。彼は二〇杯目を胃に流し込んだ瞬間、一気に酔いが回ってふらつきに襲われたのだ。そこからルイスは眼鏡《めがね》を机に置いて、目眩を押し留《とど》めるようにしきりに目頭を押さえる仕草をしていた。

ルイスが参戦してから飲み干したワインは、三〇杯目に突入する。つまりモランとアルバートにとっては五二杯目という驚異的な数字だ。

「……ぐうう」

モランとルイスは死霊のように呻《うめ》きながら己のグラスに次の酒を注いでいくが、二人のグラスを持つ手はふらふらと頼りなく、何度も酒を机に零《こぼ》していた。

「──やはり良いワインだ。この味ならば、あと倍の量は楽しめる」

一方で、アルバートはなおも健在であった。

とっくに次の杯を準備し終えている彼は、グラスを持つのもやっとの二人を高みの見物でもするように眺めている。

尋常ではない量のアルコールを飲んでいるはずなのに、平然とワインの味を楽しむ男を前に、ルイスは焦点が怪しくなってきた眼差《まなざ》しを向ける。

「ふ、ふふ、流石は兄様です」

圧倒的な存在を前に己の無力さが滑稽《こっけい》にすら思えてきて、ルイスから全てを諦めたような笑い声が漏れ出た。

「笑ってる、場合じゃねえぞ、ルイス……」

酩酊するルイスに活を入れようとモランが彼の背中を叩《たた》くが、その力は余りにも弱く、まるで悪酔いした人を介抱する為に背中をさすっているようにも見える。

しかしそんなモランの一発が功を奏したのか、ルイスは注ぎ終えた酒を一息に飲み干す。

そして彼に続いてモランとアルバートも酒を仰いだ。

「さて、これでとうとう三〇杯目だ」

三人の動作を確認したウィリアムが淡々と杯の数を告げるが、最早モランとルイスの二人にはその声が届いているかすら定かではない。

だが三〇というキリの良い数字がルイスの緊張を緩めたのか、彼は最後の力を振り絞るように首を動かして、隣のモランを見る。

「モランさん。申し訳ありませんが、僕はここまでの、ようです……」

「なっ……おい、気をしっかり持て、ルイス！」

モランの必死な声かけも虚しく、今際《いまわ》の際のような謝罪を言い終えた瞬間、ルイスはフレッド同様に机に突っ伏してしまう。

「ル、ルイス……」

モランが半ば放心したように脱落者の名前を呟《つぶや》くと、突っ伏したルイスの傍《そば》にウィリアムが素早く近付いた。

「こんな場所で寝て風邪を引かないようにね、ルイス」

そして彼は用意しておいた毛布をフレッドと同じように弟の背にそっとかけた。

アルバートはその様子を心配そうに見つめながら言う。

「ウィリアム、ルイスは大丈夫そうか？」

「ええ、今のところは眠っているだけのようです」

「…………」

ウィリアムやアルバートが撃沈した弟を見つめる中、モランもルイスの体調が気掛かりになると同時に、彼への賞賛と感謝の念を抱いた。ルイスは勝負に引き込まれた身にも拘わらず、ここまで共に頑張って戦ってくれたのだ。自分が泥酔してさえいなければ、盛大な拍手でも送りたいくらいだ。

だがそんな熱い思いも時間が経《た》つごとに薄まっていく。アルバートに立ち向かう選手がまた自分一人に戻ってしまった状況に、モランの両肩に心細さと絶望感が重くのしかかってきたからだ。

途中参加の者ですら足下にも及ばない程の強者ぶり。

その実力に悪寒を覚えながらも、モランは視界の揺れを必死に抑えてアルバートを睨む。

「……一体全体、お前の身体はどうなってやがる？」

不鮮明な意識の中、辛うじて出た一言。自分の口から出てきたのに、どこか遠くの方から聞こえてくるようだった。

アルバートはルイスからモランに視線を動かす。

「そう驚く事もないだろう。私はただ純粋にワインを嗜《たしな》んでいるだけだよ、大佐」

「これはもう嗜むなんて域じゃねえだろうが……」

酒の飲み過ぎで幻覚でも見ているのか、グラスを手に悠然と振る舞うアルバートの姿がモランにはこの時ばかりは魔王然として映った。

そして、ついにその時が訪れる。

「くそ、が――」

最後の最後、渾身《こんしん》の力を以て発したのは、そんな安い悪態であった。

そして間髪容《い》れず、モランの意識がプツリと途絶える。彼は糸の切れた人形《マリオネット》のようにアルバートの前に倒れ伏すと、途端に大きな鼾《いびき》を掻《か》き始めた。

「決着……のようだね」

フレッド、ルイス、モランの三人が並んで寝息を立てる様を見ながら、ウィリアムは勝負の終了を宣言した。

こうして記念すべき夜に行われた飲み比べ対決は、人間離れした強さを誇るアルバートの完勝で幕を閉じたのだった。

「……ん？」

それから三〇分ほどの時間が経つと、一番最初に脱落したフレッドが緩やかに目を覚ました。

彼が目を瞬かせながらゆっくりと上体を起こすと、横で毛布をかけられたモランとルイスが並んで熟睡しているのが視界に入る。何故ルイスさんも、と疑問に感じはしたが、フレッドはその光景を見て何となく勝負の結末だけを理解する。

やはりと言うべきか、モランたちは呆気《あっけ》なく惨敗したのだ。

「おはよう、フレッド。と言ってもまだ夜は明けてないけど」

横合いから声をかけられ、フレッドは反射的にそちらへ目をやると、先刻と変わらぬ席に座るウィリアムが微笑みを浮かべていた。その隣にはアルバートの姿もある。

「……あれから、どのくらい経ちました？」

勝負の行方については分かりきっている為、フレッドはまだ少し朦朧《もうろう》としながらも取り敢《あ》えず自分が酔い潰れていた時間を尋ねてみる。

「勝負が終了してから三〇分が経過しているよ。つまりフレッドが潰れてから二時間くらいだね。今はもう深夜の時刻だ」

深酔いから覚めたばかりのフレッドを気遣っているのか、その声には安らぐような音色があった。

すると未だにワインを堪能しているアルバートが、憂慮《ゆうりょ》するような声で言う。

「しかし大佐も毎度懲《こ》りずによくやるものだ。酒は味わって楽しむ嗜好品《しこうひん》だというのに」

「そんなモランを毎度負かすアルバート兄さんが言っても、やや説得力に欠けますがね」

まるで変調を来《きた》さないアルバートを見て、ウィリアムが呆れたように肩を竦めた。

フレッドにはアルバートが最終的にどれ程の量を飲んだかは見当も付かないが、ウィリアムの苦笑の度合いを見る限りでは、常人の想像を絶する杯数を飲んでいるのだろう。

この怪物相手に勝負を挑む事自体が間違いだったのだと、フレッドは今一度反省する。

「モランも今回はかなり頑張ったようだけど、やはり兄さんには敵《かな》わないね」

フレッドの気持ちを代弁するようにウィリアムが戦いの様子を振り返ると、アルバートは中身が少し残っているワインボトルを持ち上げた。

「ウィリアムも少しだけ付き合わないか。純粋にワインを楽しむ為に」

相当量の酒を飲み干した上、更に飲む気を見せるアルバートに、ウィリアムは手を振って断りを入れる。

「止めておきます。僕も晩餐《ばんさん》の時に結構な量を飲みましたし」

「それは残念だな。二人だけでこの味についてじっくりと語り合いたかったのだが」

そう言うとアルバートはグラスを傾け、そっと口を付ける。ミリ単位の動きに及ぶまで計算され尽くしたような所作を見せつける彼は、正しく英国貴族と呼ぶに相応しい雰囲気を纏《まと》っていた。

「…………」

組織の大事な頭脳であるウィリアムと語るアルバート。

そんな彼をぼんやりと見ながら、ふとフレッドは考える。

——どうしてこの人はここまでの存在と成り得たのだろう、と。

アルバートという男は生まれも育ちも生粋の貴族であり、この階級制度が幅を利かす社会においては上位の人種である。

しかしそんな恵まれた立場にも拘わらず、貴族社会の悪習に染まる事なく国の歪《ゆが》みに心を痛め、根本的な変化を望んだ。

その切っ掛けとなったのが、彼が拾い上げた二人の兄弟。

モリアーティ兄弟は自分たちの立場や才覚に溺《おぼ》れる事なく、強靭《きょうじん》な意志でその頭脳と手腕を磨き上げ、こうして〝犯罪卿《はんざいきょう》〟という英国の闇社会で暗躍する存在となった。

フレッドは横で眠るルイスと、語り合うウィリアムとアルバートを交互に見る。

まるで運命付けられていたかのような出会いを果たした三人。

――僕も、もっとこの人たちに近付けるだろうか。

たとえ血は繋《つな》がらなくとも、アルバートは兄弟としてウィリアムたちと固い絆《きずな》を結んだ。ならば自分だって今よりもっと近しい存在になれるはず。

人知れずフレッドの心にそんな思いが芽生える。

「さて、夜も更けてきた事だし、そろそろお開きにしよう。寝ているルイスとモラン大佐はどうする？」

憧れの視線を向けるフレッドをよそに、アルバートはワインを飲み終えて悠然と立ち上がった。それにウィリアムは椅子に座ったまま答える。

「折角寝心地よさそうにしているのを起こすのも忍びないですから、もう少しここで眠らせてあげましょう」

「そうか。ならば私もこのまま傍にいよう」

二人の会話を聞きながら、フレッドはふと、勝負に関する大事な取り決めについて思い出した。

彼は当事者であるアルバートに恐々と尋ねる。

「あの、やはり負けた僕にも罰があるんですよね……？」

一応、自ら飲み比べに参加を表明しただけに、フレッドは敗者としての罰則を受ける事を覚悟する。

するとそんな彼に、アルバートは微笑みを浮かべながら告げた。

「ああ、それなら大丈夫だ。君も知っての通り、この飲み比べは言ってしまえば私とモラン大佐による個人的なものだ。寧ろそれに巻き込んでしまってすまないと思っているくらいでね」

「い、いえ、そんな、『すまない』だなんて。多少急な流れだったとしても、僕は自分から参加する意思を示した訳ですし」

予想外の謝罪の言葉に、フレッドはあわあわと両手を振った。しかしアルバートはやはり優雅な笑顔のまま言う。

「そこまで気にする必要もないよ。まあ、私は良くても大佐の方がうるさいだろうから、今晩使用したグラスの片付けでもしてくれると有り難い」

「あ、ありがとうございます」

それなりの罰を受けるものと思っていただけに、寛大な処置を下されたフレッドは感謝の念を示す。

そしてフレッドが内心ホッとしながらグラスを片付け始めると、アルバートは眠るルイスに視線を投げかける。

「それにルイスも巻き込まれたようなものだから、フレッドと同様に免除するべきだろうな」

そしてその視線が、ルイスの横で寝息を立てるモランに注がれる。

「……その代わり、モラン大佐にはしっかりと罰を受けてもらわねばならないな」

「…………」

声は穏やかでも、その言葉には不穏な気配が漂っていた。機敏に動いていたフレッドも、思わず動きを止めてしまう。

そのまま顔を青ざめさせるフレッドの代わりに、ウィリアムが苦笑混じりに問いかける。

「兄さん、一体モランにどんな罰を与える気なんですか？」

するとアルバートは相変わらずの穏やかな語気で言った。

「それはまだ秘密にしておこう。どんな罰が大佐に下るか、ウィリアムたちも楽しみにしていてくれ」

言ってアルバートは微笑を返す。それは何とも、上品な笑みだった。

「…………」

フレッドはグラスを手にしながら、モランの寝顔を眺める。

自分から勝負をふっかけた末の結末で、いわば自業自得であるとはいえ、フレッドはこの兄貴分の明日を考えると少しばかり気の毒に思った。

こうして『ＭＩ６』の創設を記念するウィリアムたちの夜は、終わりを告げたのだった。

MORIARTY
THE PATRIOT

4
ジョンの冒険

真昼を迎えた王都ロンドンの空はすっきりと晴れ渡り、清々《すがすが》しい青一色に染まっていた。

整然と並ぶガス灯も、降り注ぐ陽光の下ではその役目を失い、いずれ来る宵闇の時まで寡黙な佇《たたず》まいを見せている。

マーブルアーチを起点に東へと延びるオックスフォード街《ストリート》は、人々の雑踏や馬車の小気味良い蹄《ひづめ》の音、呼び売り商人の口上が渾然《こんぜん》一体となり、雑多でありながらも活気に満ちた賑《にぎ》わいを作り上げている。

そんなオックスフォード街の北、マリルボーンにあるベーカー街《ストリート》の221のB。

その住所は、今やロンドンでは押しも押されもせぬ知名度を手にしたある探偵と助手の下宿先として知られている。

物語は、そこから始まる。


「何やってんだ、ジョン」

『諮問探偵《コンサルティングディテクティブ》』シャーロック・ホームズは、助手である医師、ジョン・H・ワトソンに向けてそう言った。

「え？　……ああ」

自分の行動について問われたジョンだったが、意表を衝《つ》かれた為《ため》に返答に困ってしまう。

今シャーロックは椅子に座って窓から外の景色を眺めており、そのままジョンの方をたったの一度も振り向きすらしていない。それなのにどうして自分が今している事が分かったのだろうか。

だがジョンはすぐに考えるのを止《や》める。この同居人の観察力が図抜けているのは分かりきった事だ。いちいち舌を巻いていたらキリが無い。

「誰かさんのせいで段々部屋が汚くなってきたからな。今から掃除をしようと思っていたんだ」

シャーロックとジョンが使用するこの共有スペースは、以前も掃除をした事がある。

その時はシャーロックに口うるさく指示されっぱなしで実質動いたのはジョンだけだったが、結果的に部屋は一応清潔にはなった。

それから暫《しばら》く経《た》った現在。この共有スペースは主にシャーロックの無頓着さが原因で以前の惨状が甦《よみがえ》りつつあった。

部屋の隅に積まれていたはずの書類はそこら中に散らばり、煙草《たばこ》の葉が入っているペルシャスリッパはひっくり返り、化学実験用の器具が置かれた机の下には謎の染みが広がっている。心なしか部屋全体にはうっすらと異臭が漂っていた。

ジョンが『コナン・ドイル』名義で執筆した小説におけるシャーロックを知っている者からすれば、この残念な有様は小説内での紳士然とした印象とは遠くかけ離れたものであり、そのまま探偵シャーロック・ホームズへの失望に繫《つな》がるであろう事は想像に難くない。

なのでジョンは自身の書いた小説の整合性を取る為、そしてここを訪れる依頼人の為にも、もう一度部屋の掃除をしようと思い立ったのだ。

しかしそんな動機を説明するジョンに、シャーロックは特に興味も無さそうに告げる。

「片付けんのは構わねえけど、俺の私物には手を出さないでくれよ。この配置が一番落ち着くんだからよ」

「…………」

耳を疑う台詞《せりふ》に、ジョンは思わず動かしかけた手を止めてしまった。

「なあ、シャーロック。常識的に考えて、こうも部屋が乱雑だったら纏《まと》まる思考も纏まらないんじゃないか？」

「それは世間の常識だろ。俺にとってはこれで十分片付いてんだよ」

「それにも限度ってものがあるだろ。特にあれなんか、ずっとあんな場所に置きっ放しで……」

ジョンは怪訝《けげん》な顔で壁際のサイドボードの上を見た。そこには宝石や貴金属が用いられた高価なアクセサリーが数多く置かれている。それらはシャーロックの私物などではなく、全てとある窃盗犯グループから押収された品だった。

近頃ロンドンでは、スリや強盗などの盗難被害が頻繁に発生していた。盗難程度なら警察だけでも対処できそうなものだが、どうやら最近になって貧民街を拠点とする犯罪者集団が現れ、その巧妙な手口に警察も手を焼いているらしい。

なのでロンドン警視庁《スコットランド・ヤード》がシャーロックに協力を依頼したところ、彼の捜査によってまず数人の窃盗犯を捕まえる事に成功。さらに盗品に付いた僅《わず》かな痕跡などから共犯者が割り出せないか調べる為、警察から借りる形でシャーロックがここで一時的に保管しているのだという。

「もしかして、その件もお前が熱を入れている〝犯罪卿《はんざいきよう》〟に繋がるものなのか？」

シャーロック・ホームズは『緋色《ひいろ》の事件』以降、事件の裏に存在を匂わせた〝犯罪卿〟の正体を解き明かす事に没頭していた。その異様なまでの執着は彼の謎に対する飽くなき探究心によるものだが、同時に自慢の頭脳を以《もっ》てしてもその輪郭すら摑《つか》めない現状にシャーロックは歯痒《はがゆ》い思いをしている。

だがそんなジョンの推測を、シャーロックは嘆息と共に否定した。

「違《ちげ》ぇよ。俺の読みじゃ、これは〝犯罪卿〟とは一切関係ねぇ。盗人風情にしてはそれなりに狡猾《こうかつ》ではあるがな。この調子じゃ、まだまだ盗難被害は増えそうだ」

「一市民として治安の悪化は阻止したいが……とにかく、あの品は全て調べ終わったものなんだろ？　だったらすぐに市警《ヤード》を通して持ち主に返すべきじゃないか。あんな適当に保管して、無くしても知らないぞ」

「お前からすれば雑な保管でもな、俺はちゃんと全部把握してんだ」

「……本当に把握してるのか？」

ジョンは改めてサイドボードを観察する。正直、密《ひそ》かに一個や二個持ち去られたとしても分からないくらい雑然としている。

「あとそのコップはまだ片付けんなよ。飲んでる途中だからよ」

外を眺めながら飛んできたシャーロックの指示に、ジョンの動きが止まる。丁度今、机に置かれたコップを片付けようと手に取った瞬間だったのだ。

ジョンは肩を竦《すく》めながらコップを元の位置に戻す。

「取っ手の向きもそのままだからな」

「……分かってるよ」

相変わらずの神経質な要求に、呆《あき》れながらも素直に従う。

それからもシャーロックが飛ばす細かい指示にうんざりしつつも、ジョンの苦労の甲斐《かい》もあって、共有スペースはようやく見苦しくない程度に片付いてきた。

するとその時、唐突に部屋の扉が開けられた。

「シャ～ロック～……」

開いた扉の向こう、静かな怒りが込められた声で探偵の名を呼ぶのは、この下宿の女主人であるハドソンである。

勝ち気だが人情深い性格が窺《うかが》える整った容貌の持ち主だが、正確な年齢については不詳。本人は永遠の一七歳を自称している。

「ど、どうした、ハドソンさん？」

彼女の放つ怒気には、流石《さすが》のシャーロックもきちんと正面を向いて応対した。日頃から世話になっている下宿の主を前にしては、基本的に借り手であるシャーロックたちは大きな態度を取れない。

「や、家賃ならこないだ滞納してた分は支払ったはずだろ？　これからの資金繰りについては、今関わってる事件の進展具合にもよるけどよ……」

シャーロックは非常に口にし辛そうに、現在の経営状況について述べる。いつもは深遠な海を思わせる紺碧《こんぺき》の瞳も、金欠である事を伝える気まずさから本来差し向けるべき相手から逸《そ》れた方へと向いてしまっている。

「言っとくが、俺は肩代わりしないからな」

一方、助手であるジョンは狼狽《ろうばい》する探偵を半眼で見ながら念を押すように告げる。本のヒットでジョンの懐はそれなりに潤ってはいるが、シャーロックが払うべき分に関してはきっちりと分別を付けている。

しかしハドソンの怒りの原因は今後の家賃関連ではなかったらしい。彼女は大きく息を吐くと、すっと横に退《ど》いた。

その後ろには、一人の少女が立っていた。

歳《とし》は一五くらいだろうか。短めの黒髪にそばかすが目立つ素朴な顔立ちで、首元にスカーフを巻いた、品の良い格好をしている。

「……その子は？」

ジョンが呆気《あつけ》に取られながら聞くと、ハドソンは訝《いぶか》しげな視線をシャーロックに注ぐ。

「それはこっちの質問よ。突然やってきて酷《ひど》く怯《おび》えた様子で『探偵さんに会わせて下さい』って。——シャーロック、あなた今度は一体どんな迷惑な事を仕出かしたの？」

「いやいや、それは流石に邪推しすぎだろ……」

謎の少女の訪問に関して思い違いをしているらしいハドソンに、シャーロックも唖然《あぜん》としてしまう。

すると問題の少女は不安げに室内へ視線を彷徨《さまよ》わせながら、ゆっくりと部屋に踏み入ってペコリと頭を下げる。

「こ、こんにちは。私はこの近くに住む、ローラと言います。あの、その……突然お伺いしてしまい大変ご迷惑だとは思いますが、きょ、今日は、ホームズさんとワトソンさんにお願いがあって参りました」

ローラと名乗った子は緊張に声を強張《こわば》らせながらも礼儀正しく挨拶をすると、懐からジョンの著作『緋色の研究』を取り出す。

それを見たジョンはもしやと思い、恐る恐る尋ねた。

「ひょっとして、それを読んでここへ？」

「は、はい。ここの住所も有名なので……」

おどおどしながら発せられた少女の回答にジョンもつい顔を綻ばせた。自分の作品をこんな少女も読んでいて、その上わざわざ会いにまで来てくれた事に、戸惑いよりも嬉《うれ》しさが勝ったからだ。

説明を受けて、ハドソンも納得したらしい。

「つまりローラちゃんはジョン君の本を読んでシャーロックの活躍を知り、何らかの相談をしにこの家に来たって訳ね。……ああ、良かった。てっきりまたシャーロックが人様に苦情を申し立てられるような真似《まね》をしたのかと思って心配したわ」

「心配とか言う割には、そこそこ断定的な口調だったよな」

あらぬ疑いをかけられたシャーロックが半眼で言うと、ハドソンが慌てた口調でお詫《わ》びの言葉を告げる。

「そ、それについては確かに私の早とちりだったわ。ごめんなさいね、シャーロック」

「…………」

あれ程の剣幕で迫った割にはやけにあっさりとした謝罪だなとシャーロックは複雑な思いになるが、これも自分の普段の素行が悪いからだろうと一人納得し、そのまま口を閉ざす。

「それで、君は僕たちにどんな頼み事をしに来たんだい？」

平常運転で繰り広げられる二人のやり取りをよそに、ジョンが早速本題に移る。

すると、質問を受けた少女の顔に陰りが生じた。

「……いなくなった犬の〝ドリー〟を捜して欲しいんです」

「捜して欲しい？　犬を？」

ジョンが確認を入れると、彼女はこくりと頷《うなず》いた。

「数日前に家から突然いなくなっちゃって、いくら捜しても見つからないんです。小さい頃からずっと一緒だった大切な子で……どうしていなくなっちゃったのかも全然分からなくて……」

飼っていた犬が失踪した時のショックを思い出したのか、徐々にローラの声がか細くなっていく。

まだ大人と子供の中間にいる少女の悲しげな様子に心を痛めるジョンだったが、相談を受ける立場であるシャーロックの琴線には触れなかったらしい。彼は話を聞き終えるや否や、ひらひらと手を振った。

「悪いがその『謎』には興味が湧かねえな。他の探偵でもあたってくれ。俺からは以上だ」

探偵にすげなく拒否されたローラは縮こまって一歩後退《あとずさ》ってしまう。これには当然、常識人であるハドソンとジョンが揃《そろ》って彼に詰め寄り抗議した。

「ちょっと、シャーロック。そんな素っ気ない言い草は無いんじゃない？」

「それにお前も今は随分暇そうにしてるじゃないか。協力してやったらどうなんだ」

しかし探偵の方はというと、二人の言い分を完全に無視して、そのまま再び窓の外を向いてしまった。

「俺には盗人の件も含めて色々と考える事があって忙しいんだ。何度も言うが、他をあたってくれ」

適当な解決策を提示するシャーロックに、ジョンも溜息《ためいき》を吐《つ》いて苦言を呈する。

「シャーロック。この子はお前の力を借りに折角ここまで来てくれたんだぞ。せめてもう少し真剣に取り組む姿勢を見せたらどうなんだ？」

「お前はもう分かってるとは思うが、俺は面白《おもしれ》ぇ謎にしか興味ねえんだよ」

「もう、お前って奴は……」

こうなった探偵には最早何を言っても通じない。説得を諦めたジョンはハドソンと顔を見合わせると残念そうに首を横に振る。そして二人は後ろにいる少女を振り返って穏やかに語りかけた。

「ごめん。どうやらあいつは我が儘《まま》を言って動いてくれそうにないらしい」

「本当にごめんなさいね。全く、本当に身体《からだ》は大人でも精神が子供のままなんだから……」

少女に向けてジョンが謝罪し、続いてハドソンが困ったように視線を落とす。

「そうですか……」

心底申し訳なさそうにする二人を見てローラも肩を落とすが、次の瞬間、ジョンがぐっと胸を張った。

「でも安心して。君のドリーは、代わりにこの僕が捜してみせるよ」

「……え？」

その発言にハドソンが意表を衝かれたような反応をした。嫌な予感がした彼女はジョンに尋ねる。

「ジョン君。実力を疑う訳じゃないけれど、ジョン君一人でやるというのはちょっと無理があるんじゃない？」

するとジョンは苦笑を浮かべながらも、固い決意の込められた声で答えた。

「僕では力不足なのは分かってるんですが、だからといってこのまま何もしてあげられずに彼女を帰らせる事だけはどうしても出来ないんです」

「なら、レストレード警部にでも頼んでみたら？」

ハドソンが人差し指を立てながら出した提案に、ジョンは悩ましげな顔で腕を組む。

「それも一つの手としてはアリかとも考えたんですけど……正直言って、警察が犬の捜索に力を貸してくれるとは思えないんです。なのでやはり僕がこの依頼を引き受けるしかありません」

「うーん、確かにそうかもしれないけど……」

ジョンが一人で事件に取り組む事を心配する一方で、彼の言う事も正論であると認め、ハドソンの反対を訴える声が弱まっていく。

代わりに言葉を返したのは、そっぽを向いたままのシャーロックである。

「まぁ、一人でやるのも良い経験になると思うぜ。取り敢《あ》えず幸運だけは祈っておくわ、ジョン」

「そうだな。お前はお前で、心ゆくまで窃盗犯の捜査に努めてくれ……」

ジョンはシャーロックの言葉に「やれやれ」といった具合に返事をする。これでも一応シャーロックなりに相棒を鼓舞しているのだろうが、彼の不器用な性格のおかげでどこか皮肉っぽく聞こえてしまうのだ。

あれよあれよという間にジョンが一人で依頼を引き受ける流れに不安を募らせるハドソンだったが、一方で依頼を持ち込んだ少女は希望に瞳を輝かせていた。

「ワトソンさんは力を貸してくれるんですか？」

「ああ、僕で良ければ、喜んで君の飼い犬捜しに尽力しよう」

「あ、ありがとうございます」

ローラが頭を下げて礼を言うと、ジョンはとっとと支度を整え、彼女と共に出発してしまった。

二人が出て行った後、ハドソンが不安げにシャーロックに駆け寄る。

「ねえ。本当にジョン君だけで大丈夫かしら？　シャーロックもこっそり協力してあげられないの？」

だがシャーロックは鬱陶《うっとう》しそうに軽く手を振るだけだ。

「だーかーら、俺は俺で別件を片付けなきゃなんねーんだって。俺は犬捜しなんざする気はねえよ。それに……」

「それに？」

小首を傾《かし》げるハドソンに、シャーロックは言った。

「ジョンがやってくれた方が、色々と都合が良い」


「それで君の犬について、いくつか聞きたい事があるんだけど」

ジョンは下宿から出ると、本日行動を共にするローラに開口一番尋ねた。彼女はきょろきょろと周囲を見回していたが、質問を受けるとすぐにジョンに視線を戻す。

「はい。大体このくらいの大きさのテリアです」

少女が手振りを交えて説明すると、ジョンはうんうんと頷く。

「テリアね。何か外見的な特徴とかはあるのかな？」

その質問に、ローラは記憶を探るように斜め上を見て考え込む。

「ええと、見た目は特に普通の犬と変わりないんですけど……走るのが好きな子でした。特に広い場所に連れてくと、元気良く駆け回るんです」

「広い場所か……」

彼女からヒントを得て、ジョンはそのまま一人思索に耽《ふけ》った。

広い場所と一口に言っても、様々な所がある。例えば自分たちが今いるこの街路にしたって、犬にとっては十分な面積を有した空間と言えるだろう。

しかしいくら広いとはいえ、人や馬車などが頻繁に行き交う所などでは心置きなく走れるとは言い辛い。なのでただ広いというだけではなく、『自由に走り回る事が出来る』という意味で広い場所を考えるべきだろう。

仮に自分が犬を飼っていると想定した場合、犬を自由に走らせたかったらどこへ連れていくだろうか。そして気分良く走れたその場所を犬が記憶していたとしたら……。

沈思黙考を始めておよそ一分が経った時、ジョンの脳裏に一つの答えが浮かび上がる。

「公園に行ってみよう。自然豊かで広々とした公園に」

「公園……ですか」

ローラは口をポカンと開けていたが、すぐに胸の前でぎゅっと両拳を握った。

「分かりました。ワトソンさんの推理を信じます」

「あ、ああ……ありがとう」

まだ一言も具体的な説明を聞かせていないにも拘《かか》わらず、ローラは特に疑問も差し挟む事なく賛成したので、思わず言い出したジョンの方が戸惑ってしまう。

だが信頼に満ちた眼差《まなざ》しを受けて、ジョンは気合いが入った顔で言った。

「よし。ならばまずはここから近場にあるリージェント・パークに向かおう」

「はい、リージェント・パーク！　リージェント・パークに行くんですね！」

何故《なぜ》かローラが大声で二回復唱したので、ジョンはきょとんとした。

「そうだけど……何か問題でもあるのかい？」

「いえ！　だ、大丈夫です。では早速行きましょう」

ジョンの指摘を慌てて否定し、さっさと歩き出そうとするローラ。

その姿にジョンは微《かす》かな違和感を覚えたが、気の所為《せい》と割り切って最初の目的地へと向かった。


ベーカー街からほど近いリージェント・パークは、ロンドン最大の広さを誇る公園だ。

そんな広々とした公園で、探偵助手の男と依頼人である少女の二人は一匹の犬を捜し求めて歩き回っていた。

……途方に暮れた様子で。

「なかなか見つかりませんね……」

「広い場所という条件で来たはいいけど、この広大さはちょっと計算外だったね。……申し訳ないな」

捜索を始めてから少し時間が経った頃、ジョンは自分の見込みの甘さを思い知っていた。

だが弱気な発言を聞いたローラは慌てて首を横に振る。

「とんでもない。私も公園を捜すという案は良いと思いました。確かに何度かドリーを連れてここに来た事もありますし」

もしかすると探偵助手に恥をかかせないよう気を遣ってくれているのかもしれないが、ジョンは素直に褒め言葉と受け取って口元に柔らかい笑みを浮かべる。

少女に励まされながら歩いていると、前方の道端に一人の男性がじっと座り込んでいるのがジョンの視界に入る。その薄汚れた身なりから、貧しい浮浪者と分かった。灰色がかった顔の中で、眼光だけが妙に鋭い。

ローラは彫像のように動かない男を見て微かに唇を噛《か》むと、クイクイとジョンの袖を引いた。

「あの、ワトソンさん。……このまま無闇に捜し続けても埒《らち》が明きませんし、あの人に聞き込みをしてみませんか？」

「そうだね。身綺麗《みぎれい》な犬がリードもなしに通りかかっていれば覚えているかもしれない」

元々たった二人での捜索は無理がある事はジョンも分かっていたので、正攻法とも言える彼女の案に頷いた。

二人は浮浪者に近付いて話しかけた。

「すみません。この公園で犬を見かけたりしませんでしたか？」

「ちょ、丁度、これくらいの、大きさで……」

声をかけたジョンに続き、ローラが簡潔な説明を加える。彼女は少し緊張している様子だが、それは男の雰囲気に怯えているからだろうと察したジョンは、さりげなく少女を庇《かば》うような位置に動く。

座っている男は二人を品定めするように眺め回すと、掠《かす》れた声で言った。

「その犬だったら、この辺りで見たかもしれねえな」

「えっ！」

聞き込みを開始して早々に有力な目撃情報を得て、ジョンは驚きつつも内心ガッツポーズを取る。やはり公園に逃亡したという考えは間違っていなかったのだ。

「それはいつぐらいか分かりますか？」

だが彼が続けて放った質問に、男は嫌らしい笑みを浮かべる。

「さあ。思い出せるかどうかは、あんたの誠意によるな」

「…………」

ジョンは相手が金銭を要求している事を感じ取ると、黙って懐から財布を出す。調査が長丁場になる事を見込んで、一応かなりの額を準備してあった。

「いくらで教えてくれますか？」

「へへへ、情報量として銀貨一枚ってとこだな」

「……割高だな」

しかし少女の願いを叶《かな》える為と思えば大した出費ではない。ジョンは嫌らしく笑う男に銀貨を手渡した。男は銀貨を受け取って満足げな顔をすると、公園の先を指差した。

「犬なら、あっちの方向に走って行ったよ」

情報を得た二人は礼を言って、示された方向へと進む。するとその先の道端に、今度はつぎはぎだらけの服を着た老女が立っていた。彼女の横にはがたついた木の机が設置されていて、その上には木の実や果物が詰まった籠が置いてある。市場で仕入れた品を街頭で売る商人だ。

老女の姿を認めると、ローラはそこに近寄った。老女は一瞬、何か躊躇《ためら》うように口をまごつかせると、一つ息を吐いて言った。

「ああ、お嬢さん。美味《おい》しいクルミは如何《いかが》かしら？　ちゃんと皮剝《かわむ》きもしてあるよ。他にも林檎《りんご》やレモンなんかもあるわ」

「すみません。この近くで犬を見かけませんでしたか？」

ローラは彼女の口上に被せるように問いかけた。先程の浮浪者の男に接した時とは違い、落ち着いていてどこか相手を思いやるような響きがある。そして老女も老女で、その口振りは商人にしてはややぎこちなく聞こえる。

ジョンはそれぞれの態度を不思議に感じたが、それについて尋ねるべきかどうか考えていると、老女がそっと机の上にある木の実を手に取る。

「犬ねえ。……その話なら、このクルミと引き換えでどうだい？」

「……またか」

買い物を余儀なくされ、生じた違和感は一旦ジョンの心の奥に追いやられた。

渋面を作りながらもジョンは再び財布を出して、皺《しわ》が刻まれた手に硬貨を置く。商人は強張った笑みで「毎度」と言うと、また別の方向を示す。

そして二人がその先へ進むと、また別の浮浪者が現れ、犬の行き先についての情報と引き換えに金を要求してきた。

「一体どうなってるんだ……？」

狐《きつね》につままれたような気分になるジョンだったが、ローラは不安と期待が半々と言った眼差しを一心にジョンに送り続ける。その健気《けなげ》な表情を見ると彼もはっきりと断る訳にもいかなくなり、仕方なくまた財布を取り出すのだった。

その後も同じような流れが続き、最終的に七人目まで聞き込みをしたところで、犬が公園の外に出て行ったという話を聞かされた。

浮浪者たちにそれなりの金額を払った挙句、『犬がいない』という結論に至り、ジョンは徒労の思いにどっと身体が重くなる。

そんな彼に恐る恐るローラが声をかけた。

「ワトソンさん、大丈夫ですか？」

「ああ、平気だよ。ここにドリーがいた事が分かっただけでも収穫だからね。ひょっとすると別の公園に行けばすぐに見つかるかもしれないね」

自分を頼りにしてくれる少女に無用な心配は与えまいと、ジョンは落胆の気持ちを瞬時に振り払って気丈に振る舞う。だが未《いま》だに『犬は公園に逃亡した』というやや非論理的な仮説については諦めていない。寧《むし》ろ実際に目撃者が現れただけに、彼は自分の推理に手応えを感じていた。

「別の公園というと、次はどこでしょうか？」

「ん？　ええと……じゃあ、ハイド・パークに向かおうか」

「分かりました。ハ、ハイド・パークですね！」

「……うん」

——この子はいちいち大声で確認する癖でもあるのだろうか？

謎めいた行動にそんな疑問を抱いたが、ジョンは気を取り直して、少女を伴って次なる目的地へと移動する。


リージェント・パークを出てベーカー街を逆行し、オックスフォード街を西に進んだ所にあるのが、総面積一四〇万平方メートルを誇るハイド・パーク。その西側に隣接するのがケンジントン・ガーデンズ。そこから更に西にホランド・パークがあり、反対にハイド・パークからピカデリーの大通りを挟んだ南東、ヴィクトリア女王の住まいであるバッキンガム宮殿を囲むように広がっているのは、ロンドン最古の王立公園セント・ジェームズ・パークと、それを拡張して造られたグリーン・パークである。

リージェント・パークを出発した後、ジョンとローラは一匹の犬を捜し求めて、それらテムズ川の西側にある主立った公園を虱潰《しらみつぶ》しに当たった。公園は余りに広大過ぎる故《ゆえ》、捜索は聞き込みを中心に行ったのだが、そこでもまたリージェント・パークと同様のやり取りが繰り返された。

公園に着いて、ローラが目を付けた人に話を伺うと皆口を揃えて「犬を見た」と証言し、金銭を欲するか、物品の購入を求めてくる。他に情報を手にする当ても無いので、渋々金を払うと、方向を指示され、その先でまた情報と引き換えに金を払う。そして結局目標の犬、ドリーは見つからないまま、次の公園へ。

犬の居場所について自称目撃者たちの間をたらい回しにされる事、なんと一〇時間。日はすっかり地平線の彼方《かなた》に沈み、昼間は沈黙していたガス灯が息を吹き返したように輝いて夜の街並みを照らしていた。

半日近く歩き通しでかなりの体力を消耗したジョンは、ローラと共にピカデリー・サーカス近くのカフェで夕食を取っていた。

その席でジョンは予想外の出費にすっかり軽くなった財布から、侘《わび》しそうな顔で一枚ずつ硬貨を取り出して残金を数えていた。彼の足元には街頭商人に買わされた様々な品が詰まった袋が置いてある。

「ひょっとして、僕の推理は間違っていたのかな」

「………………」

机の上に置いた硬貨の枚数を確認し終えて肩を落とすジョンに、ローラは苦笑を浮かべたままかけるべき言葉を失っていた。下手な励ましの言葉は逆効果になってしまう恐れがある。

途中、幾度となく繰り返す状況をジョンも奇妙に思った時もあったが、自分の推理は正しいはずと信じ込んでいた上に彼自身の人の良さも災いして、疑問を呑《の》み込んでそのまま流れに身を任せてしまった。

ああまで意気揚々と出発した癖に、なんと無残な結果だろう。当初は首尾よく事が運んでいると思っていただけに、何一つ摑めなかった無力感もひとしおである。

色々と反省すべき点を思い返しながら、ジョンはローラに深々と頭を下げた。

「本当にごめん。僕が不甲斐ないばかりに。せめてもっと粘り強くシャーロックを説得して、多少なりとも助言を請うべきだった」

「いいえ、そんな……」

ローラは否定こそしたが変に台詞を付け足さずに、ジョンに奢《おご》ってもらった紅茶を一口飲んだ。年下の少女に気を遣わせてしまい、ジョンはますます情けない気分になる。

「……………？」

その時、頭を下げていたジョンはふとローラのカップを持つ指先がやけに茶色がかっている事に気付いたが、その理由には思い至らなかった。

しかし求めていた結果が得られなかったとはいえ、いい大人がいつまでも落ち込んでいる訳にもいかない。ジョンは着々と闇が深まる街を行く人々や馬車を見ると、「さて」と背筋を伸ばした。

「君みたいな女の子に夜の街を歩かせるのは忍びないし、まずは家まで送るよ。それからまた僕一人でドリー捜しを続けようと思う。今度は住宅地や繁華街も回ってみるとして……」

気持ちを切り替えたジョンが今後の予定を立てていくが、依頼人である少女は非常に口にし辛そうにしながらもその心中を告げる。

「ワトソンさん。お気持ちは嬉しいのですが、ここまでで結構です。一日中捜し回っても見つからなかったんですし、そもそも私にもっとはっきりとドリーが行きそうな場所に心当たりがあればもっと楽に捜索が出来たはずです。きっと、最初から無茶なお願いだったんですよ」

だがジョンは断固たる口調で言い返す。

「そんな訳にはいかないよ。一度受けた依頼を放棄するなんて無責任な真似はしない。確かに僕はシャーロックよりは推理力に劣るかもしれないけれど、それでも諦めず地道に捜索を続けていけばきっとドリーは見つかるはずだ」

するとローラがくすりと笑った。

「……ワトソンさんは、お優しいんですね」

彼女の褒め言葉に、ジョンは照れ臭そうに頭を掻《か》いた。

「いやいや、助けを求められたら手を貸すのは紳士として当然だよ。寧ろ僕の当てずっぽうに君を付き合わせてしまった事を心苦しく思ってるくらいだ」

乱暴な推理にも文句一つ言わずに付いてきてくれた事と、ここまでの時間と体力を費やしておきながら手掛かり一つ摑めなかった事の二つに、ジョンはまたも心の底から申し訳ない気持ちを抱く。

意味は無いと思いつつもジョンがもう一度謝罪をしようとすると、ローラは僅かに視線を下に落とした。

「いいえ。今日一日一緒に行動して分かりました。あなたは本当に優しくて、純粋で、善良な方です」

儚《はかな》げな微笑の中で、どこか切なげな感情を湛《たた》えた彼女の瞳。

「………」

それを見たジョンの中に、また違和感が生じた。

それは依頼を引き受けてから休みなく動き続けていた為、とりあえずは胸の内に封じ込めておいた感覚だった。だがこうして冷静に思考できる状況にいると、その些細《ささい》な違和感は明確な不審点として浮かび上がってくる。

公園での浮浪者とのやり取り。今見せた謎めいた表情。他にも所々垣間見た不可解な言動。

シャーロック・ホームズほどの観察力が無くとも、流石にこれだけの材料が揃えば誰だって気付く。

ジョンは目の前に座る少女を真っ直《す》ぐに見据えて、可能な限り穏やかな声で尋ねた。

「ひょっとして君は、僕に何か隠している事があるのかな？」

「え……」

途端に、微笑を形作っていたローラに明確な変化が現れた。顔全体から血の気が失《う》せ、視線が揺らぎ、口は半分開かれたまま一言も発しない。

それは核心を衝かれたが故の、驚愕《きょうがく》を意味する表情だった。

「ワ……ワトソンさんが何を言ってるのか、分かりません」

ローラはジョンから目を逸らしながら、辿々《たどたど》しい口調で応じる。

余りにも正直過ぎる反応に、ジョンは疑惑を通り越して心配になってしまう。

「本当に？　もし他に悩みがあるなら、気兼ね無く相談してもらっても構わないけど」

「本当に、何もありません」

動揺を露《あら》わにしても、ローラは頑《かたく》なに黙秘を望んだ。

「……そうか」

ジョンは納得したような返事をしたが、心中ではこれからどうするべきか悩んでいた。

眼前の少女が何か重大な隠し事をしているのは、その過剰な反応を見れば明らかだ。だがジョンにはその秘密を無理に聞き出す権利などあるはずが無いし、それを自然に引き出せるだけの信頼関係もまだ築けてはいない。

なのでジョンは彼女を問い質《ただ》すか、或《ある》いはこのまま追及しないでおくかも含めて考え込み、ローラもそれきり口を引き結んで、結果、両者共に沈黙してしまう。

思わぬ膠着《こうちゃく》状態に陥って重い空気が漂い始めた時、店に一人の子供が入ってきて、二人に迷いなく近付いてきた。

その子供はジョンと顔を合わせると、軽く手を上げて挨拶する。

「よ、ワトソン先生」

「……ウィギンズ君？」

　二人の前に現れたのは、シャーロックがロンドンで捜査をする時などに賃金を払って協力を仰いでいるストリートチルドレン、『ベーカー街不正規隊《イレギュラーズ》』の隊長であるウィギンズ少年であった。

「どうしたんだい、こんなところで？」

　子供が夜に出歩くのは感心しないが、彼らストリートチルドレンはロンドンの街全体を我が家のように知り尽くしている。なのでジョンも夜間の外出については快く思わない部分があってもあえて注意はしない。

　ウィギンズは年齢に似合わぬ大人びた口調で語る。

「以前からホームズの頼みでロンドン中の貧民街を探っててさ。その捜査の途中で偶然先生を見かけたから、声をかけてみたんだ」

「なるほど。窃盗犯は貧民街にアジトを作ってるって話だからね。それを捜し当てるのは、この街を熟知する君たちにはうってつけという訳だ」

「そういう事。だけどそう楽な仕事でもなくてさ。貧民街を巡って手に入る情報と言えば、観光客から金をせしめたとか、誰々が食い逃げしたとか、どうでもいい話題ばっか。つい昨日もどっかの居酒屋でイカサマ騒ぎがあったらしいけど、そんなの日常茶飯事だしね」

「……知っていたつもりではあるが、ロンドンもまだまだ物騒だね」

華やかな大都市の裏に隠された実情を耳にして深刻な面持ちになるジョンだが、少年ウィギンズは軽い調子で肩を竦めるだけだ。

「普段からそんな感じだから、ぶっちゃけ窃盗グループを捜せって言われても全く見当が付かないんだ。でもまあ、苦労する分、仕事が終わったらホームズから沢山報酬を頂くつもりだよ。――それで、この人は？　ひょっとして先生の歳の離れた恋人とか？」

ウィギンズがジョンの対面に座るローラを見て、特ダネを手に入れたかのように俄《にわ》かにテンションを上げる。

だがジョンは冷静にその説を否定する。

「違う違う。このお嬢さんは依頼人で、名前はローラ。飼い犬を捜して欲しいというので僕たちのところに来たんだ」

ローラはジョンの紹介に合わせて気まずそうに頭を下げる。

ウィギンズは彼女がジョンの恋人でないと聞かされて少々残念そうにしつつも、頷いた。

「ふーん。でもホームズがいないじゃん」

「シャーロックはこの依頼に興味を持たなかったから、代わりに僕が担当してるのさ」

ジョンは誇らしげにサムズアップするが、ウィギンズは疑心たっぷりに目を細める。

「本当に先生一人で大丈夫なの？」

遠慮のない一言に、探偵助手が呻《うめ》いた。

「心外だ……と言いたいところだけど、正直お手上げの状況でね。ウィギンズ君はつい最近、街中でテリアを見かけたりしなかったかな？」

「テリアなんて探せばそこら中にいるよ。もっと目立った特徴とか無いの？」

ジョンは腕を組んで考え込む。

「そうだな。僕の予想だと、何の障害物も無い広々とした場所で自由気ままに走り回る事を求めているような感じだね」

「そんな内面的な特徴を言われても……」

「あ、ああ、確かに君の言う通りだな。僕も今日は大分疲れているようだな、あはは」

年端もいかぬ少年から嘆くような眼差しで言われてしまい、ジョンもやや聞き苦しい言い訳を述べてしまう。

だがそこで少年は何かに思い当たったのか、斜め上に視線を泳がせる。

「そういえばついさっき、テムズ川沿いにずっと東に行った所で、やたらと建物に忍び込んでは中を荒らし回る野良犬がいて困るって話を聞いたな」

「野良犬？　参考までに聞いておくけど、それはどこかな？」

「えっとね――」

　ウィギンズが犬が現れたという住所を口にするが、ジョンにはピンと来なかった。ローラの住まいはベーカー街の近くと聞いているし、同じロンドン市内とはいえそんな遠い所まで彼女の飼い犬が逃げるというのは考え辛い。

　だが二人の傍《そば》で話を聞いていた少女の反応は、ジョンの予想とは大きく異なっていた。

　彼女は絶望したように目を見開いて、全身を小刻みに震わせていたのだ。

「ローラ？　一体どうしたんだい？」

　ジョンが心配そうに声をかけた瞬間、ローラは勢いよく椅子から立ち上がる。そして少し強張った笑顔を作った。

「――ワトソンさん。……も、申し訳ありませんが、私そろそろ帰ります。先程言ったように、依頼の件はここで終了とさせて下さい。あと紅茶もご馳走《ちそう》様でした。それでは」

「あ、ちょっと……」

　謝罪と感謝と別れの言葉を一息に言い切ると、少女はジョンが制止する暇《いとま》もなく足早にカフェを出て行ってしまう。

　当然、ジョンは荷物を持って一人夜道を進む少女の背中を追いかけようとするが、店を出た途端にその腕を何者かに摑まれた。物乞いをする浮浪者かと思い穏便に振り払おうとするが、ジョンはその顔を見て仰天した。

「……シャーロック？」

「よお。デートは楽しんだか？」

店先で彼を待ち構えていたのは、シャーロック・ホームズだった。

「どうしてこんなところに？　もしかして犬捜しの手伝いをしに来てくれたのか？」

間の抜けた発言に、シャーロックは至極残念そうに溜息を吐く。

「んな訳ねえだろ。俺が引き受けた仕事と言えば『窃盗犯の捜査』だけだ。それ以上の説明はいらねえよな」

「……じゃあ、つまり――」

言葉の中で暗に示した意味を読み取った助手に、探偵は口の端を上げて言う。

「中々察しが良いじゃねえか、ジョン。聞きてえ事は色々あるだろうが、まずはあのガキを追うぞ」

二人は店先でウィギンズに別れを告げると、そのまま先を行くローラに気付かれぬよう歩き始めた。

ピカデリー・サーカスから立ち去ったローラはトラファルガースクエアを通過すると、

ストランドからフリート街《ストリート》の通りを脇目も振らずひたすら東進していく。

何かに突き動かされるようにして歩く少女の後ろ姿を見ながら、シャーロックは小さく笑った。

「ハッ、所詮はガキだな。ちょっと危機感を与えてやったぐらいで馬鹿正直に目的地へ向かってやがる。こうして尾行されてる危険にも考えが及んでねえ」

するとと彼の隣を歩くジョンが問いかける。

「その口振りだと、どうやらお前には彼女の行き先が分かっているようだな」

「当たり前だろ。何を隠そう、さっきウィギンズが言ってた住所がそれだ。『建物に忍び込む野良犬』なんて大嘘《おおうそ》だけで、あれほど血相を変えたんだからな」

ジョンはこの状況については理解しつつあるが、シャーロックの言葉は完全に理解の外だった。

「一体全体どういう事なんだ、シャーロック？」

相棒に不可解そうな顔つきでそう聞かれ、探偵はやたら嬉しそうに顔を綻ばせる。そして歩調はそのままに、密やかに説明を始める。

「じゃあ、今から種明かしを始めるぜ。俺は正体不明の窃盗グループを炙《あぶ》り出す為、ウィギンズたちを使って一つの策を仕込んだ」

「『不正規隊』を？」

「ああ。俺はあいつらに貧民街を探らせると同時に、ある情報をばら撒《ま》くよう指示したんだ。『捕まった窃盗犯の盗品は、ホームズの自宅に保管してある』とな。そうする事で、窃盗犯の仲間がそれを取り戻しに来るんじゃねえかと考えたのさ」

ジョンはサイドボードの上に放置された装飾品を思い出す。あれら無意味そうに見えた品々には歴《れっき》とした意図があったのだ。

「自分でも正直、成功と失敗が半々くらいの駄目元だったが、見事当たりを引き当てた」

シャーロックが視線を向ける背中を見て、ジョンは信じられないという顔になる。丁度そのタイミングで二人はセント・ポール大聖堂の前を横切った。

「それがローラだと言うのか？　あんな子供が貧民街の窃盗犯の一味？」

「ガキだからって侮るんじゃねえ。ただ、あのビクついた様子を見る限りじゃ、窃盗グループの仲間というよりは、そいつらに無理矢理従わされてるって印象があるがな」

言われて、ジョンは先程のカフェでの一場面を思い出す。

「隠し事は無いか」と聞いた時、ローラは必死に否定した。あの反応は、実は彼女が窃盗グループに加担している事実を隠したかったからと考えれば確かに合点がいく。

だが、次々と明かされた意外な事実に少し混乱し始めたジョンは、一つずつ疑問点を尋ねる事にした。

「シャーロック、そもそもローラは貧困層だと何故分かる？　身なりは中産階級らしかったぞ」

「おいおい、あのガキの正体なんか明らかじゃん。あいつの指、妙に茶色っぽかったろ。あれは街頭でクルミの皮剝きをして売り歩く商人に多く見られる特徴だ」

「……なるほど」

シャーロックの的確な分析に、ジョンは感心して頷いた。指の色に関してはカフェで初めて気付いたが、シャーロックは初対面の時からそこに注目し、既に少女の素性を暴いていたのだ。

「だけど仮にお前の考えが正しかったとして、ローラはどうしてあんな装いをしていたんだろう？」

「簡単な事だが、俺が窃盗犯は貧民街にいると見当を付けている事を知って、念の為に身分を隠したかったんだろうな。あの服自体は自腹を切ったのか盗んだのかは定かじゃねえが、とにかく、そんな変装じゃ俺の目は誤魔化せねえって話だ。お前も細部——袖口や親指や爪や靴の紐《ひも》がどれほど重要で暗示に富んでいるか知っておいた方がいいぜ」

「しかし彼女が貧困層だとしても、本当に犬捜しの依頼をしに来ただけかもしれないじゃないか」

「それも当然の疑問だが、あの依頼が嘘だって根拠も後でちゃんと教えてやる」

シャーロックは一旦依頼の真偽については置いておき、推理の続きを語り出す。

「話を戻すが、俺が餌《えさ》を撒いたところにあのガキが現れた。あの時点ではまだ盗品を力尽くで奪いに来た訳じゃない。こっちはハドソンさん含め大の大人が三人で、相手は子供が一人。戦力差は歴然だしな。向こうはきっと別の作戦を立てて来たんだ」

「作戦……それが犬捜しの依頼という訳か？」

「その通り。あれには恐らく三つの意味があった」

シャーロックは指を三本立てる。

「まず一つ目。単純な下見だ」

ジョンはその答えにはすんなりと納得がいった。

「本当にお前が市警《ヤード》から盗品を預かっているか確認する必要があるから、依頼を口実に俺たちの部屋を訪れたんだな」

「正解。お前も少しずつ分かってきたらしいな。それじゃ二つ目。あいつは犬を捜すという形で俺たち二人を外出させたかった」

「……あ」

今しがたのシャーロックの発言にあった『あの時点ではまだ』という部分の意味を理解して、ジョンはぞっとした。

「彼女と一緒に俺たちが部屋から離れれば、後に残るのは女性のハドソンさん一人……」

「その隙を狙って部屋に仲間が押し入るって算段だったんだろう。別に俺たちを含めてもたった三人だが、女一人だけならよりスムーズにいく。だとすれば『犬捜し』って依頼は絶妙だ。子供の願いとしては妥当だし、警察に頼む程の事でも無いから探偵に話を持ちかけるのも自然に思える」

「窃盗犯の一味は恐ろしい考え方をするんだな……。しかしさっきも言ったが、それらはあくまで依頼が嘘である事が前提であって、仮説の域を出ないぞ」

「だから、それについてはきちんとした証拠があるから後でな。……だが結局二つ目の目的は達成されなかった。俺が相手の狙いを見越して依頼を突っぱねてやったからな。そういう事態が起きた場合の保険として三つ目の意味が生きてくるんだが……途中で切り上げて悪いが、そろそろ近いぞ」

シャーロックが最後の解答を明かしかけたところで、ローラが目的地付近に到着したらしい。

着いた場所はロンドン塔近くの川沿いにある、今は誰にも使われていないさびれた倉庫街だった。彼女はキョロキョロと注意深く周りを見回しながら、静まり返った倉庫街の奥へ進んで行く。

そしてローラはとある廃倉庫の前でピタリと歩みを止めると、そのまま呆然《ぼうぜん》と立ち尽くした。どうやらあまりの衝撃に頭が真っ白になっているらしい。そしてそれは事の全容をまだ知らぬジョンにしても同じであった。

少女の視線の先——倉庫前の広い空間に、浮浪者と思《おぼ》しき汚い身なりをした人々が数十名近く集まって佇んでいる異様な光景が広がっていた。集団の中にはフードを深く被ってその顔がよく判別できない者も何人かいる。

浮浪者たちはローラが現れると、一斉に彼女の方を向いた。少女は大勢の視線をその身に受けて一歩後退りながら、恐る恐る問いかける。

「……あ、あの、どうして皆さんでここにいるんですか？　警察に怪しまれるから、普段からこの場所に大人数でいるのは控えろって……」

ローラの後方に身を潜めているジョンは、その口振りから浮浪者の面々は彼女にとって見知った存在である事を理解する。そして少なくとも、彼女が警察から目を付けられるような行為に手を染めているという事も。

彼女の問いかけに、集団の中にいた一人の中年の男が前に進み出る。ジョンはその男の眼光に見覚えがあった。

「それはこっちが聞きたいくらいだ。これは一体どういう事なんだよ？」

男の語気は強く恫喝《どうかつ》めいており、ローラはますます縮こまってしまう。

「ど、どういう事と言われても……」

曖昧《あいまい》な返事に、男は苛立《いらだ》たしそうに舌打ちする。

「……だったら俺の方から説明してやる。俺は夕方頃に一度、あのお人好し野郎から回収した金を隠しにここにやってきたんだ」

男は後ろの倉庫を睨《にら》むように見やってから、また少女に視線を戻す。

「それから街に行くと、この倉庫街の近くで悪さをする野良犬が出たってガキ共が話しているのを耳にしてな。気になって戻ったんだ。そしたらどういう訳か、他の連中も次々集まってきやがった。話を聞くと全員同じように犬だの泥棒だのがこの近くに現れたって話を聞いたなんて言いやがる」

「野良犬……」

彼女はその単語を復唱すると、はっとなって後ろを振り向いた。するとシャーロックが陰から歩み出て、彼女たちの前に堂々と姿を曝《さら》した。まだ詳しい事情が分からないジョンだったが、取り敢えず荷物を地面に置いてシャーロックの隣に並ぶ。

「ワトソンさんと、ホームズさん？　……二人で私を尾《つ》けてきたんですか？」

振り向いた少女は自分の失敗に気付いて顔を青ざめさせるが、それとは対照的にシャーロックは悪戯が成功した子供のように笑う。

「今頃気付くとはな。どうやらお前は視野が狭いところがあるらしい。次からはもっと背後に気を配るんだな」

彼の指摘に、ローラはあうあうと声にもならぬ呻きを発するだけだ。するとローラと話していた男が忌々しげに罵声を吐き出す。

「このガキ、まんまと引っ掛けられやがって。本当に使えねえクズだな」

するとシャーロックは余計に相手をからかうような調子になる。

「おいおい、いい大人が子供にそんな言葉を吐くんじゃねえよ。だが、これで俺の仕掛けた策の大筋は分かっただろ？　俺は公園にいた浮浪者の内数人を『不正規隊』に追わせて、この場所を確認させた。その後俺がチェックしておいた残りの仲間と思しき奴らに、片っ端から『この場所が危ない』って趣旨の噂《うわさ》を聞かせてやったんだ。そしたら案の定、皆仲良く不安を抱えてこの場所に集合したって訳だ」

探偵の解説に、ローラは震えながら問いかける。

「さっきのウィギンズという子も、ホームズさんの差し金だったんですか……？」

「その通り。だが他の連中にしたって、こうまで見事に成功するとはな。ちょっと危険が迫っただけでパニクり過ぎんだよ、お前らは。しかし盗品をこんな古びた倉庫に隠していた点は評価するぜ。道理で貧民街を隅々まで捜しても見つからねえはずだ」

　感心したように倉庫を眺めるシャーロックに、ローラは言葉を失《な》くして立ち尽くし、男は悔しそうに歯軋《はぎし》りをする。

　一方、シャーロックの傍らにいるジョンは会話を聞きながら、鋭い目つきの男を注視していた。もしやと思って倉庫の前に立ち竦む他の浮浪者をよく見てみると、思わず声を上げて驚いてしまう。

　浮浪者の中に、リージェント・パークでクルミを売っていた老女の姿があったのだ。

　他にも犬の情報を得る為、品物を購入したり、施しを与えた者など、ジョンの見覚えのある顔がずらりと並んでいる。

　ポカンとする彼の肩をシャーロックが叩《たた》いて、その真相を口にした。

「これで三つ目が分かったろ。つまりあの連中は盗品奪還のついでとばかりに、互いに協力して、犬の目撃情報を餌にお前から金を騙し取ったんだよ。せこいやり口だし、成功する確率にしたって最初の二、三回上手《うま》くいけば万々歳って程度のもんだが、お前が予想以上にお人好しだったお陰でまんまと有り金の殆《ほとん》どを頂いたみてえだな」

「…………」

思い起こせば、ローラはジョンが行き先を決定する度にやたら確認を入れていた。ジョンは気付かなかったが、恐らくあの時周囲には彼女の協力者がいて、彼らに先回りさせる為に次の目的地を伝える意図があったのだろう。今さっき男が口にした『回収した金』とは、ジョンの懐から消え去った大金の事を言っていたのだ。

ようやく事件の全貌を知ったジョンは騙《だま》された事への憤りよりも、まんまとしてやられた自分の間抜けぶりが情けなくなってしまう。

すると探偵に追い詰められている側の男が、冷静さを取り戻して言った。

「ちょっと待ってくれ、探偵さんよ。何故かあんたは俺たちが窃盗の罪も犯したと思ってるようだが、それは誤解ってもんだ」

項垂《うなだ》れるローラの向こう側から、男は演説でもするように流暢《りゅうちょう》に語る。

「俺たちが協力し合っているのは事実だが、この場所に関しては、単に有事の際の集合場所としていただけさ。仮にそこの倉庫を探って盗品が見つかったとしても、それは只《ただ》の偶然。色々不幸が重なっただけで、結局俺たちが窃盗犯なんて証拠は一つも無いんだぜ」

偶然を強調した彼の主張は、多少強引ではあるが筋は通っている。浮浪者同士がこの廃倉庫前を集合場所にする事自体は何ら問題では無い。無論、ジョンから騙し取った金についても彼が自発的に支払ったのだから、返金を要求しない限り違法という訳でもない。

しかしシャーロックはその拙《つたな》い理屈を論破する材料があると、ここに着く直前に宣言したばかりだ。彼は悠然とした足取りで少女に近付くと、その服のポケットへ躊躇いなく手を突っ込んだ。

「――だったら、これはどういう事だ？」

ローラが抵抗する間もなく探偵がポケットから手を引き抜くと、その手には煌《きら》びやかなネックレスが握られていた。ネックレスそのものに見覚えがある訳ではないが、ジョンはその気品ある輝きから、自分たちの部屋に置いてあった物であると判断した。

いよいよ絶望に染まるローラの横で、探偵は語る。

「これは俺の部屋から盗まれた物だ。あんだけ雑に保管してあるから、一つくらい取ってもバレねえと思ったんだろうが、甘いんだよ。俺はあそこに置いてある品を全部把握してんだからな」

ローラが部屋にやってきた時、シャーロックは依頼に興味が無い態度を見せつけながら、彼女が盗品を盗んだ事をしっかりと確認していたのだ。

ジョンはあれ程乱雑な状況を全て把握しているというシャーロックの記憶力に驚嘆する。きっとシャーロックが話の最中ずっとそっぽを向いていたのも、わざと隙を作って彼女が盗みを働くかどうか試す為だったのだろう。

　ローラはシャーロックの部屋から装飾品を盗んだ。そして犬捜しの依頼もでっちあげ。以上の点を踏まえると、必然的に彼女の目的は最初から盗品にあった事となり、よって彼女は窃盗グループの協力者である事がはっきりと証明された。

　覆しようの無い事実を突き付けられローラは愕然とし、男の方は怒りの余りその両目を血走らせていた。

「ふ、ふざけやがって、このクズ……。あれ程バレないようにやれと言っただろうが」

　それを聞いたシャーロックは涼しげに言った。

「それは自供と取っていいのか？　まだこのローラってガキとは只の浮浪者仲間であって、あんたらは窃盗グループとは無関係って言い分が残されてると思うけどな」

　男は地面に唾を吐き捨てる。

「ふん、もう今更そんな理屈をこねくり回す気もねえよ。——手早く済む方法でやる」

　そう言うと、男はポケットから小型の拳銃を取り出してシャーロックに向けて構えた。それに続いて浮浪者集団の中にいた男数名も同様に銃やナイフをその手に握る。他の浮浪者たちが小さく悲鳴を上げた。

「ここでお前ら二人を片付けりゃ、真相は闇に葬られる。そうだろ？」

男の物騒な発言に、武器を持った他の男たちも口の端を歪《ゆが》めるように笑う。

しかし銃口を向けられるシャーロックはというと、特に動じる事なく一連の動きを観察しながら、自分の見解を述べる。

「見たところお前ら数人が主犯格で、他の連中は脅して従わせているって感じだな」

「ああ。こいつらはちょっと痛めつけてやれば何でも言う事を聞く」

得意げにそんな事を言ってのける相手に対し、シャーロックは冷静に返した。

「その言い草じゃ、同じ浮浪者同士って訳でも無いんだろうな。すぐ暴力でカタをつけようとするところを見ると、犯罪行為に慣れたゴロツキってとこか？」

「ゴロツキ？　間違っちゃいねえが、出来ればスマートな盗賊って呼んでくれや。俺はこのゴミ共を上手く動かして、華麗に盗みを働くんだからよ」

男はどこか自己陶酔するように言うと、立ち尽くすローラに視線を投げかける。するとローラは頭を抱えてその場にしゃがみ込んでしまった。その怯えきった姿だけで、彼女たちがゴロツキの男たちからどのような仕打ちを受けていたか容易に想像できた。

ジョンは怒りを胸に男を睨み付けた。

「そうやって彼女たちに犯罪を強いていたというのか」

「有効利用と言ってくれや、ワトソン先生よぉ。どうせみみっちい日銭を稼いで暮らしているような連中だ。死んだって誰も困らねえ。これまでは中々良い働きをしてくれたが、今回に限ってミスしやがった。――やはりガキは使い物にならねえな！」

「……ご、ごめんなさい！　ごめんなさい！」

怒鳴り声を浴びせられ、ローラは嗚咽《おえつ》交じりに詫びの言葉を連呼する。

「この……」

「ジョン、お前の怒りはごもっともだが、少し落ち着け」

許し難い所業に拳を握る助手を、探偵が諫《いさ》める。

「あー……話を戻して悪いんだが、この件について俺から少し確認させてもらうぜ」

「ああ？」

相変わらず酷く緊張感に欠ける態度に男も顔を顰《しか》めるが、シャーロックはお構いなしに語り出す。

「一応話を纏めるとだな、盗難事件の主犯格は今武器を構えてるお前らゴロツキ共で、他の浮浪者や街頭商人たちについては強制……お前の言葉を借りるなら『利用』してるって事だな？」

「ああ、そうだよ。言わばこいつらはみんな使い勝手のいい消耗品さ。それを巧みに操る俺の手腕は、巷《ちまた》で噂の〝犯罪卿〟とやらにも劣らねえ」

「……へえ」

〝犯罪卿〟という単語にシャーロックの目元がピクリと動いたが、それ以上の反応は無いまま、彼は言葉を紡ぐ。

「つまりお前らにとっちゃ、そいつらは顔や名前を覚える価値も無い存在だ、と？」

「妙な言い回しだが、その通りだ。使い捨ての連中なんざ、いちいち記憶してられるかよ。……ってか、いつまでもぐだぐだと長話なんかしてんじゃねえ。時間稼ぎでもするつもりなのか知らねえが、そろそろ死んどきな」

痺《しび》れを切らした男は話を切り上げて、探偵とその助手を仕留めんと銃の引き金を引こうとする。

だがそれに対して、シャーロックはあくまで不敵に笑いかける。

「――そういう事だ。言質は取ったぜ」

その瞬間、ジョンの目に信じられない光景が映った。

浮浪者集団の中にいた内、主犯格とは別の者――フードで顔を隠している者たち――が犯人であるゴロツキたちに向けて銃を構えたのだ。

「……は？」

「――動くな」

突然の展開にきょとんとする男に銃を構える謎の人物が厳格な声音で命じると、もう片方の手でゆっくりと顔を隠すフードを取った。

「……レストレード警部？」

ジョンは驚きのあまり、その人物の名前を呟《つぶや》いていた。

フードで顔を隠していたのは、ロンドン警視庁《スコットランド・ヤード》の警部であるレストレードだった。彼は主犯の男に向けて強い語気で言い聞かせる。

「今の会話から、お前が貧民たちを脅迫し犯罪を強要させていた事実が明らかとなった。詳しい話は署で聞こう。無駄な抵抗は一切するな」

そして他の者もフードを取ってその顔を露わにすると、呆気に取られるゴロツキたちから次々と武器を取り上げていく。制服こそ着用していないが、その慣れた動きから警官である事が分かる。

「こ、これは一体……」

今夜はこの探偵に何度驚かされただろう。未だに状況を把握できないジョンは、今日何度目かも分からない問いかけをする。

「どうもこうも、見たまんまだぜ、ジョン。俺はこの場所が判明すると同時にレストレードに連絡を入れて、警官たちに浮浪者の格好をさせてこの集団に紛れ込ませたんだよ」

「どうしてそんな事を？」

「普通に警官を呼ぶだけじゃ、この大量の浮浪者の中からこいつら主犯の連中は特定できねえからだ」

端的に結論だけを述べてから、シャーロックは説明を始めた。

「俺はこの窃盗グループについて考える中で、実際に盗みを働く連中とは別に、そいつらを動かす頭脳《ブレーン》がいると予想した。だからそいつを特定する必要があったんだが、仮に警察が浮浪者全員を取り囲んでいたとしても、さっき俺があのゴロツキに言ったように『自分たちは窃盗グループとは無関係』と言い張られたら終わりだし、主犯が誰なのかも不明のままだっただろう。脅していた浮浪者には『絶対に口を割るな』と念を押していただろうしな。だからグループの主犯を炙り出して、自分が指示したという証言を引き出す為、ちょっとした演出を加えたのさ」

そしてシャーロックは険しい表情で銃を構えるレストレードを見て、口の端を上げる。

「――ま、変装については、警官隊をどこかに潜ませるってのも考えたが、浮浪者に紛れ込ませた方が変にこそこそしなくて済むしな」

「そ、そんな、そんな、馬鹿な……」

真相を耳にした男が、今しがたの勝ち誇った態度が嘘のようなみっともない反応をした。

シャーロックは今度こそ声を上げて笑いかける。

「ハッ、人を従わせるのはいいが、ちゃんとその面子《メンツ》は把握しておくべきだったな。そもそもここがバレたって時点で俺が警察に連絡してるって可能性に行き着かなかったのか？　黒幕気取るのはいいが、そう読みが甘くちゃ〝犯罪卿〟も失笑するだろうぜ」

「ち……畜生」

「おい、ここからは発言に気を払え。裁判で不利な証拠として扱われるぞ」

レストレードが男に手錠をかけながらそう警告すると、男は敗北を認めてがっくりと項垂れた。貧しい者たちを利用し、〝犯罪卿〟にも劣らぬと豪語した悪人の、何とも呆気ない結末だった。


「いつも世話になるな、ホームズ。それにワトソン先生も」

逮捕した犯人たちが連行される様子を見守りながら、レストレードがシャーロックたちに礼を述べる。

しかし真剣な態度の警部とは反対に、シャーロックは口に手を当てて笑いを堪《こら》えていた。

「レストレード。クソ真面目にしてるところ悪いが……お前のその浮浪者姿、意外と様になってるぜ」

「こ、コラ！　失礼だぞ、シャーロック！」

「お前という奴は……」

茶々を入れたシャーロックをジョンが叱《しか》り、レストレードも呆れて溜息を吐く。

「……とにかく、事件を解決に導いてくれた事には感謝している」

「おう、また面白い謎があったら教えてくれ」

探偵と簡単に言葉を交わすと、警部は他の警官のところへ歩き去った。

すると二人の下へ、今回の中心人物でもあるローラが浮浪者の中にいた老女と共にやってきた。

「——あ、あの、ワトソンさん」

ローラはジョンの真正面に立つと、唇を噛み締めながら深く頭を下げる。

「本当にごめんなさい！　あなたを騙すような真似をして！」

ローラは真っ先に大きな声でそう言うと、続いて一緒にいる老女も粛然と頭を下げる。

心からの謝罪の意を示す二人に、ジョンは優しく語りかける。

「いいんだ。君たちは脅されていたんだから、仕方のない事だよ」

「で、でも……私……」

「気にしなくて大丈夫だから。寧ろこれからは君たちの方が大変じゃないか？」

ジョンの言葉に、ローラはハッとなって視線を落とす。いくら脅迫されていたとはいえ、盗みを働いたのは事実だ。なので警察に詳しい事情を話す為、これから彼女たちも全員連行される事となっていた。

場が少し暗い雰囲気になると、シャーロックが口を開いた。

「別にそんな深刻にならなくてもいいんじゃねえの。犯罪を強要させられていた点を鑑みれば、警察も寛大に取り計らってくれるだろ」

「そ、そうだな」

シャーロックはローラたちを不安にさせぬよう、意図的に気楽そうに言っているのがジョンには分かった。なので多少はぎこちなくも、彼の意見に賛同しておく。

もしかしたら事はそう単純にはいかないかもしれないが、これから先は自分たちが口出し出来る領域では無い。現場に来てくれたレストレード警部が上手く彼らを擁護してくれる事を祈って、ジョンは多少強引に話題を変えた。

「……ところで、そのおばあさんは君の身内の方なのかな？」

聞かれて、ローラも気持ちを切り替えたように老女を紹介する。

「はい。私のおばあちゃんで、一緒に食べ物を売って生活しています」

「どうも、この度は誠に申し訳ありませんでした」

老女のしわがれた声を聞きながら、ジョンは公園でのぎこちないやり取りについて理解した。相手が身内ならばローラが比較的落ち着いて話せるのは当然だし、老女の口調が辿辿しかったのはきっとジョンを騙す事への罪悪感があった為だろう。

　彼が納得していると、ローラが小袋を差し出した。

「それとこれ……私たちがワトソンさんから騙し取ったお金です。全額お返ししますので、どうぞ受け取って下さい」

「ああ、そうか。お金についてはすっかり忘れていたよ。ありがとう」

　ジョンは袋を受け取ろうと手を伸ばしかけたが、何か閃《ひらめ》いたのか、急にその手が止まる。

「……あの、どうされました？」

　動きを止めたジョンを見ながらローラが首を傾げていると、ジョンは伸ばした手を引っ込めて、代わりに浮浪者たちから買い取った品が詰まった袋を持つ。

「『騙し取った』？　君は何を言ってるんだ？　僕はこの品を自分の意思で買ったんだ。見たところ品質に問題は無いようだし、返品する気は無いよ」

「……え？」

「いいかい？　僕は公園できちんと商人の方々と交渉した末に、客としてこれらを購入したんだ。決して騙された訳じゃない」

ジョンが誇らしげにそう主張すると、傍らでシャーロックが笑みを零《こぼ》すのが分かった。探偵助手が言わんとしている事は勿論《もちろん》、自分は騙されてなどいないという強がりでは決して無い。今日一日ジョンの優しさに触れてきたローラは瞬時にその言葉に込められた思いを察したが、それでも彼女は困ったように眉根を寄せる。

「でも、やはりこれはあなたに返すべきです」

そして少女は小袋を差し出すが、ジョンはそれをそっと手で押し返した。

「ローラ、君のおばあさんが売っていたクルミは本当に美味しかった。あれ程の品には、きちんと料金が支払われるべきだ」

彼は温かな笑顔を向けながら言う。

「もしまた君たちが商売をしているところを見かけたら、是非買わせてもらうよ」

「ワトソンさん……」

ローラは、今度こそジョンの思いを拒みはしなかった。

彼女は小袋を大事そうに抱き締めると、満面の笑みを返す。

「――はい。今度またお会いした時は、沢山クルミをご用意します」

「ああ、楽しみにしているよ」

そしてジョンはまたローラたちと別れの挨拶を交わすと、今回の『戦利品』を手にシャーロックとその場を後にした。

シャーロックとジョンは自分たちの住まいがあるベーカー街へと徒歩で向かっていた。馬車を使わないのは、今夜は歩きたい気分だとシャーロックが言い出したからだ。

「しかし、貧しい人々を脅して犯罪に利用するとは、本当に酷い話だと思わないか」

少女たちとは気持ちの良い別れを遂げたものの、彼女たちを食い物にしていた存在に再度怒りを覚えたジョンは、隣を歩くシャーロックに話しかけた。

シャーロックは頭の後ろで手を組みながら淡々と答える。

「たまたま今回は金持ち連中が盗難被害に遭ったから警察も動いたが、そうじゃ無かったら恐らく誰も気付きもしなかっただろうな」

「……そう、かもしれないな」

シャーロックの意見を、ジョンも完全に否定は出来なかった。

この国では、貧民がどのように虐げられようが誰も気にしない。ローラたちにしたって、もし犯罪行為が貧民の間だけで行われていたとしたら、誰にも救われぬままずっとあのゴロツキたちに利用され続けていただろう。最悪、その手を血で染めるような事まで強制されていたかもしれない。

だがいくら闇の中で非道な行為が行われていようとも、普段は明るい世界にいる自分たちには知る事すら出来ない。

そんな恐ろしい現状に、ジョンは苦々しい思いになる。

しかし、そんな彼にシャーロックはいつもの軽口めいた調子で言った。

「ま、それでも俺は面白ぇ謎があれば、どんな事件でも解決してみせるけどな」

「……シャーロック」

シャーロックが発した言葉は、字面だけ見ると単なる謎への好奇心の表れでしかないかもしれない。

だが、ジョンは知っている。

この探偵は、謎への欲求と同じくらいに、人としての良心を持ち合わせている、と。

だから今の言葉に秘められたもう一つの意味を、ジョンはちゃんと理解していた。

『警察が手を差し伸べられないような事件でも、俺なら解決できる』

恐らく彼は彼なりに、あの子や浮浪者たち、そして悪行に苦しめられる人々の状況を案じているのだろう。

だがその本音を問い質そうとしても、言葉巧みにはぐらかされるのがオチだ。シャーロックの捻《ひね》くれた性格だけは良く知っているジョンは、一旦話を切り替えた。

「今回、君は『不正規隊』に公園から浮浪者を追跡するよう指示したみたいだが、それはつまり予《あらかじ》め俺たちが行く場所が分かっていたという事か？」

「元々依頼は嘘だったんだから、恐らくローラも犬の特徴について具体的には言わなかったんじゃねえか？　それでお前は乏しい情報から考え抜いた末に『犬は自然豊かで広々とした公園にいる』なんて月並みな発想に行き着くんじゃねえかと考えたんだよ。そしたら予想通り、お前らは真っ直ぐ公園に向かった。それだけの事だ」

「さ、流石だな……」

部屋を出た時の会話の流れと、それに続く自分の思考が完全に読まれていた事に、ジョンは穴があったら入りたい気分に陥る。

するとシャーロックは、星が浮かぶ空を見上げながら独り言のように呟いた。

「だが、お前が見事に騙されてくれたおかげで、俺も連中の尻尾を摑めたんだがな」

「え？」

それにジョンは意外そうな反応をした。彼は少し戸惑いつつも、遠慮がちに反論する。

「しかしもし俺が騙されなかったとしても、ローラが部屋にあった品を盗んでいたんだから、それを追えば自然とあの倉庫に行き着いたんじゃないか？」

「確かに、それでも盗品は回収できたかもしれねえが、それまでだ。隠し場所が分かっただけで、窃盗グループの主犯格については分からず終《じま》いだったはずだ。お前が浮浪者や商人と接した結果、窃盗に関わってた人間の正体が判明して、そいつらを一挙に集めて主犯連中を一網打尽に出来た。だから今日の一件は、掛け値なしにお前の手柄なんだよ」

「そ、そうか……」

ジョンが照れ臭そうに頬を掻くと、シャーロックは最後にこう付け加えた。

「それにお前がその品を『買った』と言い張った事で、あいつらの罪が一つ無くなった事だしな」

「………」

天を仰ぎながら歩く探偵の言葉を、ジョンは今度は口をポカンと開けながら聞いていた。彼の意見はきっと何の気なしに漏れたもので、そこには特別な意味——とりわけ慰めの気持ちなどは無いのかもしれない。

だがたとえその感情が無かったとしても、シャーロックの評価はジョンの胸に深く染み入ってくる。

——丸一日を費やした自分の行動は決して無駄ではなかった。

——ちょっとした思いつきで発した言葉が、少女たちの救いとなった。

ジョンは迷走に終始したと思い込んでいた今回の件に、重要な価値を見出せた事に嬉しくなると共に、もう一つの事に気付く。

先程シャーロックは、ジョンは自分の予想通り行動していた、と口にした。見事に的中していたので恥ずかしくなってしまったが、あの台詞はシャーロックが一日ずっと自分の後ろに張り付いていたという事実に繋がる。

窃盗犯の捜査の為なのだから尾行するのも当然だろうが、言い換えればその間シャーロックはジョンを見守ってくれていたという考え方も出来るのではないだろうか。

しかしそれもまた本当は少女たちを心配していた点を追及するのと同様、容易《たやす》く煙《けむ》に巻かれてしまうに違いない。

――全く、素直じゃない男だな。

ジョンが改めて隣を歩く探偵に対してそんな感想を抱き、くすりと笑う。その仕草に、シャーロックが不思議そうに眉根を寄せた。

「……どうした？　俺、何か変な事でも言ったか？」

「いや、何でもないよ」

ジョンは微笑《ほほえ》みを浮かべたままシャーロックに答えると、手に持った袋を見せつける。

「シャーロック。そういえば商人たちから購入した品についてなんだが、お前もよく見ておくといい。もしかしたら今後事件の捜査に役立つ物があるかもしれないぞ」

「正直、ぱっと見た中に俺が欲しいと思う物は無いけどな……」

シャーロックは袋に詰まった雑貨品の数々を見て苦笑した。

「そうか？　それに道具だけじゃなくて食べ物もあるぞ。この果物とかも、部屋に戻ったらいくつか食べてみないか？」

「それ、一日中持って歩き回ったんだろ？　傷んでたりしてないだろうな？　……まあいい、道具に関しては、地下の倉庫にでも保管しておくか」

「ああ、それとハドソンさんにも、この中に欲しい物があるか聞いてみよう」

自分が購入した物が無駄にならないと知り、嬉々《きき》とした様子のジョン。そしてそれを見たシャーロックも柔らかい笑みを浮かべた。

夜も深くなった街で繰り広げられる〝主人公〟たちの砕けた会話。

――その横を、一台の四輪馬車《ブルーム》が通り過ぎた。

「………………」

「どうした、シャーロック？」

軽やかな蹄の音を鳴らしながら遠ざかってゆく馬車を、急に立ち止まって注視したシャーロックにジョンが声をかける。

だが探偵はすぐに頭を振って、いつもの気の抜けた表情に切り替わった。

「――何でもねえ」

「？　……おかしな奴だな」

シャーロックは自分の内に生じた奇妙な感覚を呑み込んで、そのまま何事も無かったかのように歩き出す。その横に不思議そうにする探偵助手が並んだ。


――今のは……。

馬車に乗っていた男――ウィリアム・ジェームズ・モリアーティは、窓の外を通り過ぎた人物の姿に思わず微かに目を見開いた。まさか『戯れ』を終えた道中にあの探偵の姿を見かけるとは、彼にしても予想外だったのだ。

だがすぐに驚きの表情は、妖しげな微笑みに変わる。

――きっと彼は今夜、また一つ謎を解き明かしたのだろう。

「おい、どうしたウィリアム？　何か面白いものでも見つけたのか？」

窓の外を向いたまま黙り込むウィリアムに、同乗するモランが問いかける。

面白いもの。

モランの表現は的を射ていたが、このすれ違いは本当に偶然の産物である。彼は今の遭遇を自分の胸の内に秘めておく事にした。

「——何でもないよ、モラン」

奇《く》しくも、その否定の言葉はシャーロックと酷似していた。

そうしてウィリアム・ジェームズ・モリアーティとシャーロック・ホームズは、互いの距離を離し、やがて夜の街へと消えていく。

だが両者はいずれ必ず、『対決』という形でその距離をゼロにする時が来るのだ。

激流の縁で相対する運命を携えた、〝犯罪卿〟と〝主人公〟。

比類なき頭脳を有する両者の決戦の後、大英帝国がどのような変化を迎えているかは、この時点ではまだ誰も知らない。

MORIARTY THE PATRIOT

あとがき

『憂国のモリアーティ』は月刊漫画雑誌であるジャンプＳＱ．で連載させて頂いています。月刊連載は年に12本しかないため、１本あたりの重要度は週刊連載の比ではありません。

その為、物語を横道に逸してしまうと、読者に「これは誰の、何の話だっけ？」と思われてしまうのではないかという恐怖心が常にあり、どうしても、より一層のキャラクターの掘り下げや関係性の描写が疎かになってしまいがちです。

『憂国のモリアーティ』にとってのこの「ジレンマ」は三好《みよし》先生とも共有していた課題の一つでした。

ノベライズのお話を頂き、埼田《さいた》先生にこちらの事情を勘案して頂いて出来上がったのが、この小説版の『憂国のモリアーティ』になります。

『憂国のモリアーティ』はコナン・ドイル原作には描かれていない部分をこの漫画なりにどう翻案していくかに腐心しているのですが、この小説版は『憂国のモリアーティ』の単なるノベライズではなく、埼田先生も漫画チームと全く同じ視点に立ってコナン・ドイル原作を翻案し、漫画本編におけるミッシング・リンク＝あって然るべきエピソード、あるべき『憂国のモリアーティ』を作っていると、お読みになった読者の方は思われたのではないでしょうか。

つまり、この小説版は、漫画版と等しく『憂国のモリアーティ』であり、『憂国のモリアーティ』から派生したノベライズでは決してなく、コナン・ドイル原作から漫画版と同じ方法論で翻案された小説形式の『憂国のモリアーティ』ということです。

余談ですが、埼田先生は最初の打ち合わせから10本ものプロットをエピソードの候補として用意してくださり、そのどれもが漫画版にも必要だと思うものばかりで、

「あれ？ もしかして漫画版の構成としての俺も要らないんじゃ…?!」

と背筋が凍えましたので、僕も負けないよう頑張ろうと思いました。

竹《たけ》内《うち》良《りょう》輔《すけ》

MORIARTY THE PATRIOT

あとがき

どうもこの度は、ミステリに詳しくなくとも耳にした事はあるであろう
超有名人の名を冠した作品のノベライズを担当させていただきました。埼田要介《ようすけ》です。
話を頂いた時はそれだけでも恐れ多かったのに、
漫画本編の三好輝《ひかる》先生の描かれるイケメン過ぎるキャラ、
竹内良輔先生の緻密かつ大胆な物語運び、
それらを目の当たりにして「果たして自分なんかに務まるのか」と身が縮む思いでした。
こうして世に出す事ができたのも、全ては周囲の人々の支えがあったからこそです。
新担当の中本様。こんな変人作家の面倒を見てくれて、誠に感謝の念に堪えません。
ＪＵＭＰ ｊＢＯＯＫＳ編集部の皆様。色々とお世話になりました。
ＳＱ.担当の由井様。的確なご指摘、本当に助かりました。
更には本作の制作に関わって頂いた全ての方々、
そしてこの本を手に取って下さった読者の方々に深い感謝を。
この本が『憂国のモリアーティ』の世界をより深く楽しむ一助となる事を祈って。

埼田要介

［初出］
憂国のモリアーティ“緋色”の研究　書き下ろし

小説… JUMP j BOOKS
憂国のモリアーティ
“緋色”の研究

2018年11月7日　第1刷発行
2023年4月29日　第8刷発行

著者／竹内良輔　三好 輝　埼田要介

装丁／黒木 香＋ベイブリッジ・スタジオ
編集協力／中本良之
校正・校閲／鷗来堂
編集人／千葉佳余
発行者／瓶子吉久
発行所／株式会社 集英社
〒101-8050　東京都千代田区一ツ橋2-5-10
TEL 03-3230-6297（編集部）
03-3230-6080（読者係）
03-3230-6393（販売部・書店専用）
印刷所／凸版印刷株式会社

Printed in Japan　ISBN978-4-08-703465-3 C0093 検印廃止